中华传奇文物书系

煌传奇

窦忠如 著

北京出版集团
北京出版社

图书在版编目（CIP）数据

敦煌传奇 / 窦忠如著. — 北京：北京出版社，2024.5
（中华传奇文物书系）
ISBN 978-7-200-18288-0

Ⅰ．①敦… Ⅱ．①窦… Ⅲ．①纪实文学—作品集—中国—当代 Ⅳ．①I25

中国国家版本馆CIP数据核字(2023)第189649号

中华传奇文物书系
敦煌传奇
DUNHUANG CHUANQI
窦忠如 著
*
北 京 出 版 集 团
北 京 出 版 社 出版
（北京北三环中路6号）
邮政编码：100120

网　　址：www.bph.com.cn
北 京 出 版 集 团 总 发 行
新 华 书 店 经 销
北京华联印刷有限公司印刷
*
170毫米×240毫米　12.75印张　188千字
2024年5月第1版　2024年5月第1次印刷
ISBN 978-7-200-18288-0

定价：68.00元
如有印装质量问题，由本社负责调换
质量监督电话：010-58572393

目录 contents

- **发现藏经洞** 1
  - 小人物的大发现 2
  - 藏经洞封存之谜 9

- **敦煌遗书大劫难** 18
  - 有一种"犯罪"叫麻木 18
  - 冠冕堂皇的探险家——斯坦因 26
  - 不甘落后的盗宝人——伯希和 39
  - 从敦煌一路"痛"到北京 50
  - 敦煌遗书何时归 61

- **千年风韵莫高窟** 65
  - 鸣沙山上的初响 66
  - 建筑——凝固音乐中的中国元素 75
  - 雕塑——佛界天国里的人间气象 84
  - 壁画——西方世界里的东方神话 91

莫高窟的罪人与功臣 ················ 110
掘地三尺的盗宝人——奥登堡 ············ 110
肆无忌惮的考察者——华尔纳 ············ 116
激情画作唤醒世人——张大千 ············ 125
恪尽职守的保护神——常书鸿 ············ 133

永远的敦煌学 ···················· 141

散落在沙漠里的传说 ················ 156
壁画故事 ······················ 156
史载故事 ······················ 190

发现藏经洞

翻开20世纪的第一页,如果不是一个小人物在中国西北那处被黄沙淤塞湮没的洞窟中有了震惊世界的大发现,人们几乎忽视了著名的古丝绸之路上那颗曾经最璀璨耀眼的明珠——敦煌,就连1987年12月中国首批被列入《世界遗产名录》的莫高窟,也同样要被世人遗忘在那残存的历史记忆中了。然而,1900年一个小人物在敦煌鸣沙山断崖上那密如蜂窝般的492个洞窟中,竟然意

莫高窟的标志九层楼

九层楼高45米,依山崖而建,位于莫高窟上寺石窟群的正中央,其中供奉的是世界上最大的室内盘腿而坐的泥胎弥勒菩萨造像,高35.5米。

外地揭开了一个被埋藏了近900年的天大宝藏——藏经洞的神秘面纱。而藏经洞这个石破天惊的大发现一经泄露，就在世界范围内上演了一幕幕关于藏宝、盗宝、运宝、夺宝、护宝和寻宝的悲喜剧，由此折射出中外各界人士的百态人生和各色人性，也将中华民族千年历史的恢宏与沧桑呈现在世人面前，更引发了一代代有识之士对5000年华夏文明尊严的长期反思，对泱泱中华民族信心的一种深沉关怀。如此，就让我们共同走进100多年前的那段锥心往事，并沿着这段锥心往事来观照今天，乃至展望未来。

◎ 小人物的大发现

清光绪二十六年（1900年）农历五月，人类文化史上的一个重大发现——藏经洞，被居住在敦煌莫高窟前一座残破寺庙里的道士王圆箓揭开了面纱。道士占据寺庙原本就是一件匪夷所思的事情，而如此重大的文化发现竟然与不通文墨的王道士联系密切，这实在让人看不出两者之间有什么必然联系。不过，奇遇往往是在不经意间发生，奇迹也多由普通人来创造，比如关于敦煌莫高窟藏经洞的发现过程，任何著述或文章都不可能绕开道士王圆箓这个小人物。

关于道士王圆箓这个小人物，人们除知道他祖籍是湖北麻城，曾在肃州（今甘肃酒泉）巡防军里当过几年差使，后因生计所迫出家为道，并云游到敦煌发现了藏经洞之外，其他信息似乎都有些模棱两可。比如，王道士出生于清道光二十九年（1849年）的这个时间问题，人们一定要在1849年前面加上一个"约"字；比如，王道士祖籍虽然是湖北麻城，但是关于其出生地却有湖北和陕西两种说法；比如，王圆箓这个道教味道浓厚的名字，不仅有原名"王元箓"之说，还有出家为道后才由师父为其取此名之推论……

关于敦煌藏经洞这个曾经震惊世界的大发现的具体过程，也是说法不一。

一种说法是，至今仍矗立在敦煌莫高窟前的那座道士塔——王道士墓塔——墓志铭中有一段话：

……迨后，云游敦煌，纵览名胜，登三危之名山，见千佛之古洞，乃慨然叹曰："西方极乐世界，其在斯乎！"于是建修太清宫，以为栖鹤伏龙之所。又复苦口劝募，急力经营，以流水疏通三层洞沙。沙出，壁裂一孔，仿佛有光，破壁则有小洞，豁然开朗，内藏唐经万卷，古物多名，见者惊为奇观，闻者传为神物。光绪二十五年五月二十五日事也……

王圆箓

摄于1907年，莫高窟下寺正殿前，斯坦因摄。

作为墓志铭，其内容自然是墓碑竖立者——王道士的徒子赵明玉及徒孙方至福对墓主的颂扬之词，即便所述内容属实，但是具体细节也极为简略，远不能满足人们窥测藏经洞发现内幕的好奇心理，于是就有了流传较广的第二种说法。

大约在清光绪十九年（1893年）前后，已经跟随盛道法师"稽首受戒"有年的王圆箓，并没有在

王圆箓道士塔

此塔为王圆箓的徒弟们于民国二十年（1931年）农历七月三十日王道士仙游百日之时所立。

甘肃酒泉某处道观潜心修道，而是习惯于四处云游，漂泊化缘。一日，王道士来到早已颓败荒凉的敦煌莫高窟，眼前的木质栈道虽然大多毁坏无存，密如蜂房的洞窟也多被流沙所掩埋，特别是最下层的一些洞窟更是被黄沙淤塞得难见旧貌。不过，王道士依然被莫高窟斑驳但不失庄严、颓败但不减雄浑的非凡气势所震撼，特别是洞窟内那精妙绝伦的佛教壁画，以及借此塑造出的浓烈的宗教氛围，更让王道士虔心折服，叹为观止，以为这才是他云游半生所要寻找的"栖鹤伏龙"之所在。于是，王道士决定在这里修建太清宫，以度余生。

王道士选择了莫高窟，莫高窟也接纳了王道士。虽然莫高窟前只有按照地势高低分别叫作上寺、中寺和下寺的3座残破小庙，且上寺和中寺里还居住着几位藏传佛教的喇嘛，但是下寺依然被王道士顺利地改建成了道观。其实，这种佛教和道教不分的现象，当年在敦煌等地是极为普遍的，因为往往普通民众对这两种宗教信仰并没有严格的区分，而这种现状为王道士在莫高窟站稳脚跟乃至后来成为实际住持，提供了极为有利的宗教基础。当然，敦煌这个边塞偏远小县城由于教育水平严重滞后，导致民众文化素养极为低下的状况，更是见多识广的王道士得以在此发展道教事业的社会根基。另外，行事干练且善于投机的王道士，还凭借自己滔滔不绝的演说才能，将其坚定信仰的道教理论，宣讲得远比那些不通汉语的喇嘛们所传颂的藏教思想，更容易被当地的平民百姓所接受。因此，自从王道士占居下寺之后，便有大批信徒慕名而来，一时间下寺香火鼎盛，募捐盈多，这不由使王道士在心中萌生了一大宏愿，那就是将莫高窟从黄沙掩埋的淤塞中彻底地清理出来。

毫无疑问，王道士所发之宏愿，实在是一项极其宏大而艰巨的工程，而要完成这样一项宏大而艰巨的工程，单凭王道士一人之力简直是天方夜谭，仅靠当地信徒募捐所得也只能是杯水车薪。不过，王道士毕竟是信仰坚定且行事聪明干练之人，他除接受信徒的一些募捐之外，在不接待信徒前来礼忏或诵经即做道场时，依然外出云游化缘。就这样，王道士在积累了一定资财之后，便雇请了几位工匠清除积沙、修缮洞窟，这对他来说是一件"广修功德"之大事。殊不知，王道士按照自己意愿对莫高窟的"修缮"，即以道教信仰改造佛教洞窟，正是对莫高窟这处佛教文化宝库的"保护性"破坏和摧残。比如，当一处洞窟内的积沙被清除之后，工匠们便会按照王道士的个人意愿，开始对绘制有精美壁画的洞壁进行重新粉刷，由于第一遍粉刷的石灰太薄，那五颜六色的壁画若隐若现，于是再仔细地刷上第二遍，直到洞壁上那菩萨的柔美浅笑和飞天的婀娜体态完全被迅速风干且变得净白的石灰所遮盖，王道士才露出满意的笑

王道士墓塔塔龛中的王圆箓木碑记

因道士王圆箓的无知，给敦煌文物造成很大的损失。

容。至于洞窟正中那已经存在千年的佛像雕塑，王道士自然要重新塑造几尊道家信仰的大帅和灵官来替代，于是工匠们便抡起手中无情的铁锤和锹镐，千年雕塑在瞬间便成了一堆烂泥碎片。至今，我们不知道王道士在盘踞敦煌莫高窟的30余年间，到底"修缮"改建了多少洞窟，更无法统计出有多少尊塑像和多少铺壁画被他毁坏无寻，而对于王道士的所作所为，当年敦煌的陆姓县长竟然"委为道会司以襃扬之"，这不能不说是对中华文明或者直接说是对敦煌莫高窟文化的一种绝妙讽刺。

为了将距离下寺最近的俗称"三层楼"（现编号为第16窟）处改建成太清宫的标志性场所，王道士亲自带领工匠清除其中的大量积沙，打通上下窟之间的通道，并重新制作了塑像，仅此就费时两年多。据说，在清除"三层楼"内积沙的过程中,第一层洞窟甬道左侧洞壁曾裂开一条不起眼的缝隙,既然缝隙不起眼,自然也就没能引起王道士等人的注意。直到"三层楼"初具形态之后,王道士又雇请了当地乡村一位杨姓私塾先生到此帮助他抄写经卷,当然这也是他所认为的"广修功德"之一种。杨私塾来到"三层楼"后,便遵照王道士的安排,在第一层洞窟甬道中间摆放上一张条案,条案坐北朝南,杨私塾则背壁而坐,开始抄写经书。在抄写经书劳累时,这位杨私塾便抽上一袋旱烟,休息一会儿以缓解疲劳,而每次抽旱烟时他总是用一根芨芨草点火,点着之后便顺手将未燃尽的芨芨草插进洞壁那条不起眼的缝隙中。一次,杨私塾点着旱烟后又随手将芨芨草插向洞壁那条缝隙,不料长长的芨芨草竟然越插越深,以至整根芨芨草都插了进去仍没到尽头,这不由使杨私塾感觉很诧异,遂急忙用手敲了敲洞壁,洞壁内竟然发出一种沉闷的声响。于是,杨私塾急忙找来王道士,将自己的这一意外发现悄悄地告诉了他,王道士赶来亲手敲打洞壁后也感觉奇怪,听响声,很显然这洞壁内一定还有洞窟。颇有心计的王道士吩咐杨私塾不要声张,直到当晚夜深人静时两人才重新来到这里,当他们轻轻拆除甬道北壁外面的一层土砖时,果然发现了一个不足一人高的洞口,掌灯细瞧,竟然是一个塞满了码放整齐白布包的洞窟(即藏经洞,现编号为第17窟)。

面对这一发现,惊得有些目瞪口呆的王道士,当时就显得手足无措,不过他深信这一定是佛祖显灵,馈赠这些宝藏帮助自己实现宏愿。然而,当王道士手持油灯弯腰走进这个只有一丈见方的洞窟,小心翼翼地打开一个白布包时,才发现里面并不是他所期待的金银珠宝,而是一卷卷捆扎整齐的古文经卷写本。这不由使王道士稍感失望,于是他又急忙打开另一个白布包,里面还是经卷写本,他翻检了整整一个晚上,打开了一个又一个白布包,直到累得满头大汗、腰酸背痛,也没有找到他所期待的金银珠宝。每一个白布包里都是写本、经卷、文书、拓本、信札和契约等,另有一些佛幡绣像平铺于白布包下面。翻检得实在有些劳累的王道士,颓丧地坐在阴冷而散发着尘土气息的洞窟里,他

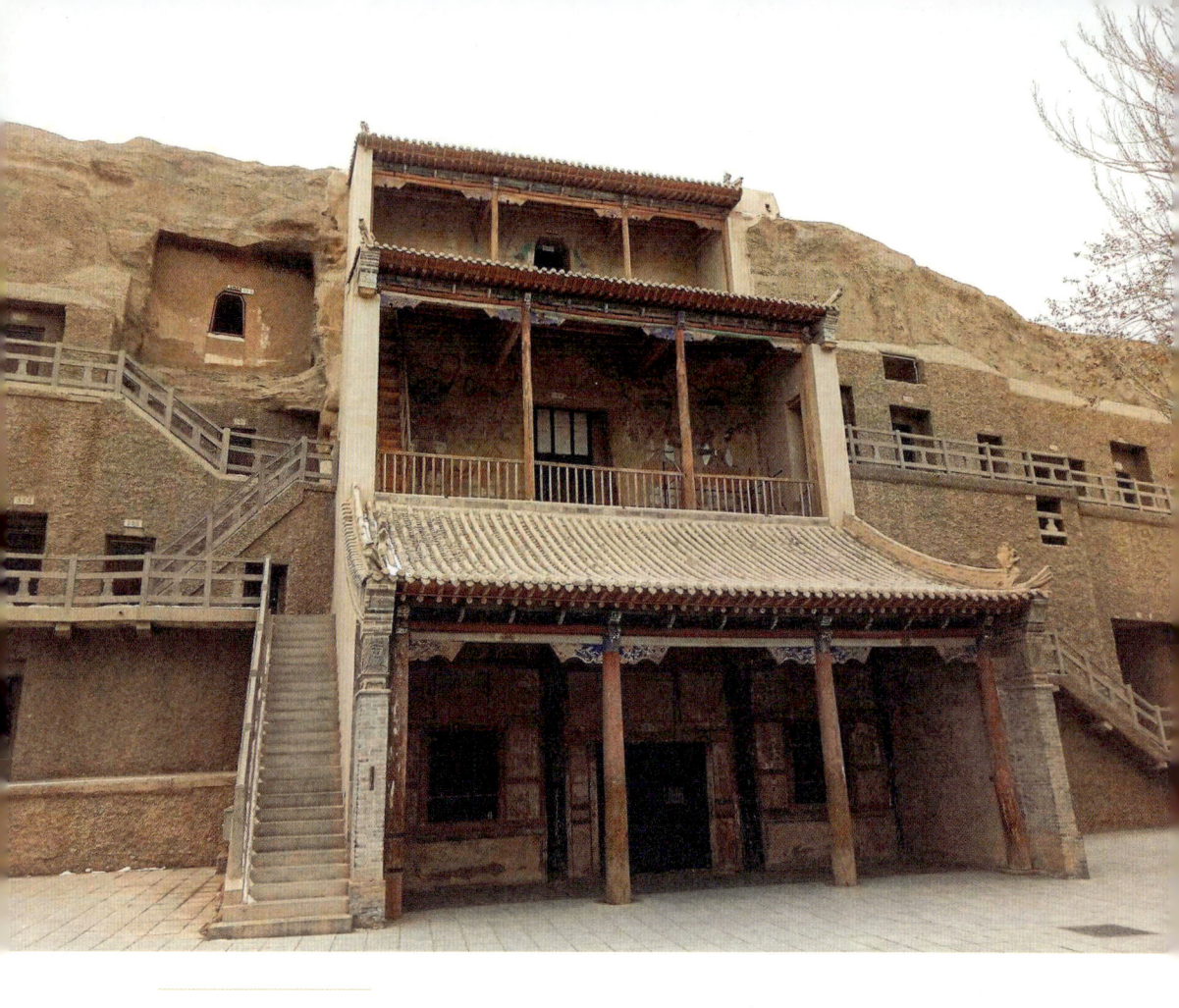

莫高窟第16—17窟

第16—17窟，外面看很高大，也被称作"三层楼"。其实它主要是第16窟，而第17窟则是第16窟入内右手边的一个小洞窟，像一个小套间，这17窟就是真正的藏经洞。

不明白这些经卷就是后来被学术界统称为"敦煌遗书"的文化瑰宝，更不清楚他无意中打开的这个洞窟，竟然成为20世纪震惊世界的最大文化发现。当然，王道士后来终于知道这些古文经卷对于自己"广修功德"还是大有帮助的，只是他心里始终怀有一种忐忑不安的忏悔，直至民国二十年（1931年）6月3日在百思不得其解的万夫所指中黯然地离开人世。

王道士走了，他留给世人的往事还在各种著述和文章中被传写，有唾骂，有贬责，有悔恨，有愤懑，有痛心疾首，有仰天长叹，总之没有一丝一毫的同情和理解。至于与藏经洞有关的诸多谜题，王道士几乎是一无所知，比如藏经洞封存之谜。

◎ 藏经洞封存之谜

其实，王道士亲历和知道的往事，比所有与藏经洞有关或者想有所关系的人都要多得多，只是他所经历和知道的往事如今都成为世人唾骂他的证据。不过，我们应当承认，正是因为王道士发现了藏经洞，才使敦煌及莫高窟走出被岁月和黄沙湮没的历史壁垒，重新焕发出独特的文化光芒，再次被世人特别是学界所关注，这对于敦煌及莫高窟而言无论如何也是一件幸事。伴随敦煌藏经洞的发现，许多关于敦煌和藏经洞的谜题被一一解开，而最初、最大的谜题就是藏经洞何时又为何被封存，这在学界至今仍是一桩未解的历史公案。

既然是说藏经洞封存之谜，那就不能不先弄清楚藏经洞是何人开凿，其最先用途是什么。

藏经洞，因位于敦煌鸣沙山的断崖处，故又称"鸣沙石室"，它原本只是开凿于莫高窟第16窟甬道北壁的一个小窟，面积不大，窟内地面近似于方形，地面四边的长度分别为：东壁2.75米，北壁2.84米，西壁2.65米，南壁2.83米。由于四壁向窟内略微倾斜，故此四壁顶部的长度较地面处为短：东壁2.49米，北壁2.55米，西壁2.57米，南壁2.46米，各壁的高度也略有参差，窟内可利用空间只有19立方米略多一点。据有关史料记载，藏经洞最初是9世纪中叶统辖整个河西走廊僧尼大众的最高僧官——都僧统洪辩和尚生前坐禅的禅窟，洪辩去世后，他的弟子把他的塑像放在窟中，使这里变成了纪念他的影堂（洪辩的纪念室）。10世纪以后，这个小窟渐渐失去原有功能，而成为盛放佛寺供养具（经卷和佛像）的一个储藏所。到11世纪初，出于某种原因，有人把这些佛寺供养具全都封存起来，并在封门墙壁上绘制了一铺菩萨壁画。再后来，人

们渐渐淡忘了墙壁后面的这处密室，洞中的宝藏也就这样被封存了近900年。

关于洪辩其人，正史中少有记载，而根据《吴僧统碑》《大唐敦煌译经三藏吴和尚邈真赞》和敦煌研究院所藏《唐敕河西都僧统洪辩告身碑》及其他有关资料，可略知其生平事迹。洪辩，俗姓吴，人称吴和尚、吴僧统，虽然他的祖籍不详，但是并非敦煌本地旧族则是可以确定的，因为其父吴绪芝曾任建康军使，后来才戍军于甘、肃两州之间。吐蕃占领凉州后，河西节度使杨休明移镇沙州，并于唐代宗大历元年（766年）发建康军戍镇沙州，吴绪芝及其子也随军移驻敦煌。洪辩"童子出家"，

莫高窟第16—17窟内景

第17窟是晚唐开凿的一个洞窟，与第16号窟是同时代开凿的。第17号窟原来被第16号窟甬道北壁的一层西夏时期的壁画所覆盖。

以"约法化人，盛于佛事"，由于他悉心研读汉经梵典，兼习梵文藏语，很快就成为一名出色的译经僧，故被吐蕃赞普委任为"知释门都法律兼摄行教授"。十数年后，洪辩"迁知释门教授"，主持译场寺院中贵族子弟学校的文化教育及其他宗教事务工作。不过，洪辩虽"栖心释氏"，但终不负父辈之众望，积极参加敦煌人民的抗蕃斗争。张议潮大中起事后，洪辩即遣弟子悟真随张议潮所派遣入朝使同赴唐都长安，唐宣宗赞其"惟孝与忠，斯谓兼美"，于大中五年（851年）授洪辩为"京城内外临坛供奉大德"及"河西释门都僧统知沙州僧政法律三学教主"，赐紫衣及各色信物，并亲示诏书，可谓勉辞委婉、恩宠殊异。到了唐懿宗咸通三年（862年），洪辩"掷钵腾飞"，逝于沙州。洪辩去世后，下属僧徒或吴姓本家便将其生前禅室改为影堂，这个影堂就是敦煌研究院所编的第17窟，即藏经洞。

第17窟既然是洪辩和尚的影堂，后来为什么变成了藏经洞，藏经洞到底又为何被封存起来呢？关于敦煌藏经洞被封存之谜，有以下几种说法。

对敦煌藏经洞封闭时间及原因，第一个提出相关观点的是法国人伯希和。对此，我们从伯希和在《敦煌石窟访书记》长文中可以获知他的论点：藏经洞封闭的时间，是1036年敦煌将陷于西夏之时；原因则是和尚为了躲避西夏军队的侵袭，而秘藏宝物于洞中；至于根据，伯希和主要是根据藏经洞封闭墙上的绘画说法图，因为该图为西夏式，并表明了当时归义军与西夏军队作战的形势。因此，伯希和认为当时寺僧们为了避免寺院藏经在战乱中被焚毁，就把寺院所藏经典及其他世俗文书藏在洪辩的影堂内并封闭起来。同时，为了避免被人发现，寺僧们又把整个洞窟内壁重修绘上彩画。后来，由于多种原因，事主们已不知所终，藏经一事也就渐渐被人们所遗忘，藏经洞随之成了千古之谜。

对于伯希和的这种说法，中国学者罗振玉等人都曾发表文章表示支持，遂使这种观点流传较广，影响也较大，几成定论。不过，伯希和的这一观点似乎难以自圆其说，因为敦煌遗书中有确切纪年最晚的一份是宋咸平五年（1002

年），而西夏占领敦煌是在1036年，寺僧们总不至于提前34年就预感到西夏的威胁而封藏经卷吧？另外，这种难圆其说的"避难说"还有一个疑点，那就是藏经洞内并没有整部大藏经或其他珍贵物品，而大多是残卷断篇，且夹杂有不少伪经，甚至还有一些错抄之废卷及涂鸦之杂写，乃至作废的文书和过时的契约等。如果按照伯希和之说，敦煌藏经洞封存于1036年，那么此前即曹宗寿当政期间（1002—1014年），敦煌寺院不仅已经向内地请求配齐了藏经，还从朝廷乞求到一部金银字大藏经，以及锦帐包裹、金字题头的《大般若经》，如系避难的话它们理应珍藏其中，可藏经洞中为何没有收藏整部大藏经，所藏反而是一些残经破卷呢？

第二种说法认为，藏经洞的封闭是在宋咸平年间（998—1003年），封闭的原因是当时统治沙洲的曹氏归义军政权内部发生了政变，即1002年敦煌曹氏后裔曹宗寿逼其叔父原归义军节度使曹延禄、瓜州防御史曹延瑞自杀。在这

罗振玉

罗振玉（1866—1940年），字式如、叔蕴、叔言，号雪堂，晚号贞松老人、松翁。祖籍浙江省上虞县永丰乡，出生于江苏淮安。中国近代考古学家、古文字学家、金石学家、敦煌学家、目录学家、校勘学家、农学家、教育家。

观音菩萨功德记

　　北宋雍熙二年（985年）曹宗寿敬制，美国哈佛大学赛克勒博物馆藏，原藏于莫高窟藏经洞。

法华经普门品变相

北宋建隆四年（963年）绘，英国大英博物馆藏。原藏于莫高窟藏经洞。

个过程中，双方很可能发生过一场对抗，占领莫高窟的一方秘密集中了敦煌的经卷文书封藏起来，并在封闭墙壁上从容作画，他们失败后再无人知晓洞窟中的秘密。还有人说，当时敦煌东有西夏党项羌，西有与佛教为敌、信仰伊斯兰教的哈拉汗王朝，西夏日益强大攻下甘州后，大有侵吞全部河西走廊之势，而敦煌的军事力量根本无法与西夏匹敌。在这东西两边势头逼人的形势下，莫高窟可谓危机潜伏，寺僧们为势所趋，封洞后便作鸟兽散了。对于藏经洞封闭的这一原因，1984年时任敦煌文物研究所副研究员的贺世哲先生认为，当时敦煌东边的回鹘政权与西边的于阗李氏政权相继被消灭或即将灭亡，等于切断了瓜、沙曹氏政权的左膀右臂，确实构成了对敦煌东西夹击的威胁，虽然主要威胁来自东边强大的西夏政权，但是为了防患于未然，瓜、沙曹氏政权对于可能即将临头的战争危机，不得不有所准备，遂将一些珍稀物品掩藏起来，其中就包括密藏佛教典籍和绢画等。至于在封藏佛教典籍和经卷时，顺便把官府与寺院的一些社会文书收藏进去，这也是合乎情理的。

第三种观点以谭真先生为代表，认为洞窟之所以封闭，"与伊斯兰教东传而躲避异教焚掠有关"。971年至11世纪初，以喀什为第二首都、信奉伊斯兰教、对佛教采取严厉镇压政策的哈拉汗王朝挥师东进，经过20多年的残酷战争，终于在999年占领了西域的佛教中心于阗，后又经过七八十年的养精蓄锐，又开始筹划继续东进。对此，"可以想象，喀喇汗王朝东进的消息传到敦煌后，必然引起上自官府下至百姓，特别是佛教徒们的恐慌。加之下述诸因素的影响，瓜沙地区上层统治者便采取了封闭藏经洞的保护性措施"（殷晴：《敦煌藏经洞为什么要封闭》）。确实，西夏建国早期，政权本不稳定，外部又有黄头回鹘的干扰，以及宋廷扬言要举兵攻打于阗的威迫，致使瓜、沙上层统治者预感到战争即将临头，不得不做充分准备，遂有条不紊地封藏了各大寺院的经典和绢画，顺便也把官府与寺院的一些社会文书收藏了进去。确实，从藏经洞所藏经卷与社会文书所涉及的范围来看，当时应该是有计划的密藏，绝非短

期内仓促所为。另外，藏经洞洞口外壁现存的壁画，属于西夏早期之创作风格，这也是判断藏经洞封存年代的依据之一。"综上所述，从1093年于阗向宋廷请战不许开始，至1098年始攻甘、沙、肃三州为止，凡五年，瓜沙统治者自然有计划有步骤地封闭藏经洞的"（殷晴：《敦煌藏经洞为什么要封闭》）。

第四种说法认为，藏经洞里封存的经卷是作废不用的文书和失去实用价值的卷轴式经卷。其根据为：如果说敦煌遗书是为了避难而收藏的，所收物品当是收藏者认为最珍贵的东西，而对于佛教寺庙来说，自然应是佛教《大藏经》，但洞中所藏并无敦煌存有的完整《大藏经》及多部金银字《大藏经》，而全部是单卷残部或碎篇断简，乃至破烂不堪的残卷废纸。因此。藏经洞封存的真正原因，并不是避难，而是在于"这一批文书对当时的敦煌僧众来说已完全失去了实用价值，故而废弃"（殷晴：《敦煌藏经洞为什么要封闭》）。对于这种"废弃说"，提出此观点者有以下四则理由。

第一，中国人一直有敬惜字纸的传统。在古代，纸张比较珍贵，对地处西陲的敦煌来说更是如此。据敦煌遗书中的抄经记录记载，抄经时每人所领纸张均要记账，如果抄错必须凭废纸换好纸，而废纸并不抛弃，而是留待他用。

第二，佛经经过长期使用之后，难免会有破损，但佛教徒对破旧佛典有敬畏心理，所以这种不堪再使用下去的经典是不允许抛弃的，而是另行收藏。

第三，从现存遗书可以知道，敦煌寺庙经常清点寺内的佛典及各类藏书，查看有无借出而没有归还者，或有无残破不堪使用者。

第四，宋代，四川的刻本经典传到敦煌，朝廷又颁赐了金银字藏经，敦煌的经典大为丰富。大概在曹宗寿当政时期，敦煌进行了一次比较彻底的大规模的寺藏图书清点活动，清点后遂将一大批残破无用的经卷、积存多年的过时文书与废纸，以及用旧了的幡画、多余的佛像等，统统集中起来封存到第17窟中，然后在外面重新绘制壁画。由于这是一堆无用的东西，自然不会有人把它们放在心上，年深日久也就被遗忘了。

洪辩法师正面塑像

第五种说法认为在改造和重修大窟时，这第17窟因为是用处不大的储藏室，故而被寺僧们封堵上，至于墙外壁画也只是常规作画，并非刻意伪装。由于这种说法猜测的成分太多，故影响不大。

关于藏经洞封存之谜，虽然有以上多种观点，但是由于至今还没有一份确凿的原始资料被发现，因此以上所说也都只能是一家之言。藏经洞封存之谜至今无解，而藏经洞遗书的发现，却揭开了中国文化史上最锥心刺骨的一页。

敦煌遗书大劫难

20世纪前半叶，中华民族遭受的劫难实在是擢发难数，而敦煌遗书的散失是一处最令学者痛彻心扉的永恒伤口。顺着这个尚未愈合的伤口流淌出来的文化血液，我们仍能嗅出其中的麻木不仁和熟视无睹，而这种味道至今仍令所有有良知的中国学者窒息。十分遗憾的是，这种麻木不仁和熟视无睹在今天学界并不鲜见，因此揭开敦煌遗书散失和遭难这个疮疤，除了想表达一种善意的提醒之外，还有毫不隐讳的刺激和警醒。好了伤疤忘了痛，似乎是国人积习久远的通病，而根除这种病症还没有什么良药，所以不断揭开疮疤也许不失为医治妙方，虽然揭开疮疤难免再次流血疼痛，但是假如麻木不仁和熟视无睹遮蔽了一个人特别是一个学者的心智的时候，便是悔之晚矣。如此，就让我们共同忍着疼痛揭开敦煌遗书散失和劫难的这块疮疤，不要有激动、愤懑、悔恨、怨怒等不良情绪，只需在心中默念"国人当自强，中华终复兴"这十字箴言，并不遗余力地践行这十字箴言，我们相信像敦煌遗书散失这种劫难不会再次发生，即便果真发生了也能够迅速得以弥补和消弭。

◎ 有一种"犯罪"叫麻木

让不通文墨的王道士发现藏经洞，实在是敦煌遗书在劫难逃的一种宿命，而藏经洞被发现后，中国一些学者所表露出来的麻木不仁或者熟视无睹，则不应该成为敦煌遗书遭受散失劫难这一宿命的借口，而应当判定为那些中国学者的一种"犯罪"，一种对中华文明极不负责任的漠视之罪。遗憾的是，麻木不

清代末年的莫高窟

摄于1908年，法国人伯希和拍摄。伯希和于1908年前往中国敦煌石窟探险，盗买了大批敦煌文物，带回法国

仁、熟视无睹或漠然视之等不作为行为，在中国古今法典中还没有被列入犯罪之列，因此对敦煌遗书麻木不仁的那些学者们，法律是无法对他们定罪的，但是这并不表示他们没有罪，他们犯下了应当永世遭受谴责的不洗之罪。在此，我们现在还是先来回顾敦煌遗书是如何散失的那段锥心往事吧。

愚昧无知的王道士，根本不明白他所发现的敦煌遗书乃国之瑰宝，其价值绝非金银珠宝所能衡量。因此，当他面对这些珍稀古物时，先是茫然不知所措，随后便邀请当地耆宿士绅前来参观，而那些见识短浅的耆宿士绅并不明了这批古物的真正价

值，只认为经卷文书和佛像绢画是佛家先人的功德之物，既被后人发现，则一定要好好保存在原处，如果流失在外的话，那简直就是造孽和罪过。于是，大家似乎统一了对敦煌遗书的认识，决定仍由王道士把它们放进洞窟内，负责看护避免其散失。其实，对于这种观点，见多识广的王道士从心里并不认同，因为他隐约感觉到这些古物一定会对自己"广修功德"有所帮助。于是，王道士从中挑选出一些自认为是精品的经卷文书和佛像绢画，作为礼物频繁地送给当地的耆宿官绅，以便赢得这些拥有财富和权力的施主们的捐赠，从而达成他清除莫高窟积沙和修缮洞窟的功德之宏愿。

王道士发现藏经洞的那一年，敦煌县知县叫严泽，一年后由湖南沅江人邬绪棣接任，又过了一年即光绪二十八年（1902年），又由湖北通山人汪宗瀚（字栗庵）接任。汪知县走马上任后不久，便收到王道士送来的一些经卷和绢画，并一眼就判定这些经卷绢画非同一般。由此，即便没有文字记载此前两位知县也曾接受过王道士馈赠的藏经洞物品，也不妨碍我们得出肯定的答案，因为单从王道士矢志"广修功德"之决心和行动上便不难判断得出。另外，早在王道士决定以藏经洞物品结交官绅以便募集到更多捐赠时，他第一个想到的并不是当地知县，而是远在数百里之外的肃州（今甘肃酒泉）兵备使廷栋。我们不知道王道士是否与这位科举进士出身的旗人相识，也不知道他是如何与这位道台大人取得联系的，反正当王道士挑选出两箱经卷绢画骑上毛驴出发的时候，他的目的地就是嘉峪关外的肃州道台衙门。然而，当王道士风尘仆仆跋涉数百里赶到肃州道台衙门，并将两箱经卷绢画送呈廷栋案头时，没想到这位精于书法的道台大人，竟然因为经卷上的书法水准不高，而没有表现出王道士一路上所预想的那种惊喜若狂从而盛情招待他这位专程远道而来的道教真人的盛况。道台大人兴趣不高的表现，让王道士感到有些失望，白白搭上两箱经卷绢画及盘缠，也实在让王道士心中怏怏不乐。

不过，懊丧归来的王道士依然认定藏经洞所出之物既然是千年古物，就一

藏经洞发现经卷局部
此为斯坦因拍摄。

定会有助于自己"广修功德",于是带上经卷绢画骑着毛驴频繁地穿梭于当地及敦煌以外官绅之间,就成了藏经洞发现之后几年间王道士的主要事务。王道士之所以如此执着,似乎不能忽视他那位同乡知县汪宗瀚的判定及作为的影响,因为自从这位汪知县第一次得到王道士所送藏经洞经卷绢画之后,便不断地从王道士处索取更多经卷绢画,他将这些古物当作自己的进身之阶,频频以礼品的形式送呈给上级官僚,这使王道士确信藏经洞之物是有着非同寻常价值的一批宝物,迟早会得到各级官绅的认识和重视。

确实,除了光绪十六年(1890年)进士出身的汪宗瀚一眼就判定藏经洞之物非同寻常之外,他还写信将这一消息报告给了迟他3个月出任甘肃学政(相当于现在一省之教育厅厅长)的上司叶昌炽。关于叶昌炽,这位以翰林院编修身份出任甘肃学政的晚清著名金石学家兼大藏书家,在此作以介绍恐怕不是多余的废话。道光二十九年(1849年)出生于江苏长洲(今苏州)的叶昌炽,字颂鲁,一字兰裳,号鞠裳、鞠常,晚年因倾慕庄子"缘督以为经"的中和自然之道,遂自号"缘督庐主人",光绪十五年(1889年)高中进士后,随即被朝廷授予翰林院庶吉士,光绪二十八年(1902年)改散馆授史馆编修并前往甘肃出任一省之最高教育行政长官——学政。

作为著名的藏书家,叶昌炽拥有五百经幢馆,藏书之多约3万卷,且因与

叶昌炽像

　　叶昌炽（1849—1917年），字兰裳，又字鞠裳、鞠常，自署歇后翁，晚号缘督庐主人。江苏长洲（今苏州）人。晚清金石学家、文献学家、收藏家。

　　吴门潘祖荫、吴大澂、冯桂芬、缪荃孙和沈曾植等鸿儒巨藏交往密切，故其本人也对金石书画及版本之学极为精通，尤对古物文玩有着特殊的癖好，因此当他从敦煌县知县汪宗瀚处获知藏经洞的消息后，便委托汪宗瀚为其就地搜求。遗憾的是，当叶昌炽接受了汪宗瀚所赠标有宋乾德六年（968年）文字题记的《水月观音像》和各两部写经卷子本及梵叶本时，虽然连呼"难得，难得"，并表现出如获至宝的欣喜之外，却没有动过亲自前往敦煌莫高窟一探究竟的念头。究其原因，这又不能不责怪敦煌县知县汪宗瀚，因为他将消息告知了上司叶昌炽，而叶昌炽也正是因为汪宗瀚不切实际地报告说藏经洞藏经不过数百卷且已经被瓜分殆尽的缘故，才觉得没有亲自前往敦煌之必要，哪怕他当时已经巡视到了肃州地界，最终也没能踏上敦煌这块藏有巨大宝藏的土地。

　　不过，叶昌炽毕竟是一代鉴藏大家，他深知文化古物之学术价值，故不仅有请求敦煌当地人士土宗海帮其搜求敦煌遗书之举动，还向甘肃藩台衙门提出速将藏经洞所出之物全部运往省城兰州妥为保管以免散失之建议。可恨的是，慵懒势利的藩台衙门官吏们却因为舍不得支出那五六千两银子的运费，又嫌把这些古物从敦煌莫高窟运到省城兰州之麻烦，竟以运费"无由筹措"为由，随意下发一纸公文，命令敦煌县知县汪宗瀚负责清点这批古物并就地封存，然后仍交由王道士妥为看管，此后便再也不过问了。

对于甘肃省藩台衙门的这纸公文，敦煌县知县汪宗瀚和莫高窟三清宫的王道士自然不敢违抗，但是双方都善于虚与委蛇，并没有认真执行这一命令，而是草草清点后列出一纸大致数目清单，后再由王道士在藏经洞口加上一扇上锁的简陋木门，便算是向上级交差了。然而，因为清单和钥匙都放在王道士的道袍口袋里，这就为王道士后来监守自盗提供了便利。确实，不敢正面违抗官府命令但又不甘心的王道士，无论如何也不能接受藏经洞古物的这种命运安排，于是他不仅在清点这些古物时就曾偷偷挑选出一些自认为有价值的经卷绢画藏了起来，而且只要需要时还随时从藏经洞中拿取，并依然将这些经卷绢画当作礼物在官府和士绅之间迎来送往，只是将先前那种明目张胆变成暗地交易罢了。与此同时，王道士开始更加频繁地云游化缘，每次外出时除了随身携带的日常用品外，还多了一些经卷绢画等藏经洞物品，它们不仅被王道士有选择地赠送给了施主，而且竟然出现在敦煌以外的交易市场上，它们已经成为王道士手中待价而沽的稀有商品。于是，敦煌莫高窟藏经洞发现宝藏的消息，逐渐在敦煌以外地区散布开来，只是消息经过多人传播之后，便出现了各种离奇的讹传，以致藏经洞的具体情况开始变得混乱不堪。

如果说王道士将藏经洞古物散布于世是他的罪过的话，那么那位道台大人廷栋将这些古物随意赠送给外国人，就不仅仅是一种罪过了，因为正是由于他的这种行为才招致列强蜂拥而来，最终使敦煌藏经洞古物散失殆尽。据有关史料记载，对敦煌遗书麻木不仁的甘肃兵备使廷栋，在接受了王道士不远数百里

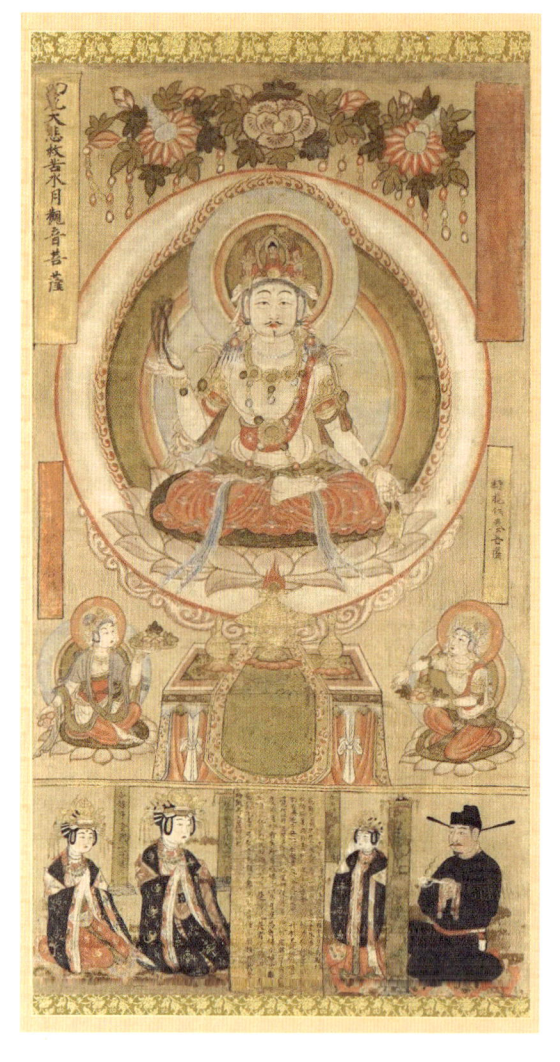

水月观音像

美国史密森尼博物馆收藏，宋乾德六年（968年）翟氏与行军司马曹延瑞敬造，原藏莫高窟藏经洞。藏经洞发现不久，王道士将其送给汪宗瀚，汪又送给叶昌炽，后流落海外。

普贤菩萨像

唐代绘制，敦煌绘画中最精美的作品之一，大英博物馆藏。原藏于莫高窟藏经洞。

送来的敦煌藏经洞古物后，因为经卷上书法水准不高的缘故，这位精研书法的道台大人便将这些古物随意赠送他人。其中，在嘉峪关税务司任职的人中有一位比利时人，他的中文名字叫林以镇。光绪三十三年（1907年），这位久居中国的外国人在辞官回国之前，曾来到道台大人廷栋府上辞行。廷栋知道外国人向来喜爱中国古物，便投其所好拿出一些藏经洞古物赠送给了林以镇，并告诉他说这是敦煌莫高窟中发现的古物，这位林以镇先生虽然对汉文不太精通，但是他明白这些出土古物有着非同寻常的价值。因此，当林以镇取道新疆回国路经伊犁时，又将这些经卷分赠给了驻伊犁的长庚将军和道台潘某，长庚将军虽然是旗人，但是他和进士出身的潘某都很清楚这些古物的价值，便向林以镇询问其来源，这位比利时人便将廷栋告知他的消息转告了他们，由此敦煌莫高窟发现藏经洞的消息更是不胫而走，来自东西方列强的探险家们都将目光投向敦煌藏经洞，致使藏经洞宝藏一次次被他们大摇大摆地运出中国，在为他们赢得巨大国际声誉的同时，也给中国、中国学界涂抹上了耻辱和悔恨。

如果说进士出身的汪宗瀚和叶昌炽等人对敦煌遗书的重视，竟然没有一人是从保护中华文化的角度出发，而是拘囿于自身的学术研究中，是一种陷于故纸堆之学术浅见的话，那么那些将敦煌遗书这份宝藏当作自己在官场结交权贵的礼物之人，就无论如何也不能得到有良知的中国人特别是文化人的原谅了，因为他们这种不作为的做派比学者叶昌炽等人更可悲，比王道士愚昧的小伎俩更可恨。当然，最可恨的也许还不是他们，而是那些不择手段攫取敦煌遗书的外国"探险者"。

◎ 冠冕堂皇的探险家——斯坦因

自敦煌藏经洞发现以来，有一个难解谜团始终困扰着全世界的敦煌学者，那就是：到底谁是第一个骗取敦煌遗书的外国人？

对此，中国许多学人一度认为最先攫取敦煌遗书的外国人，并不是因此而声名大噪的英国人斯坦因，而是后来成为苏联科学院院士的沙俄著名地质学家奥布鲁切夫。据说，1905年在中国内蒙古境内的哈拉浩特（即著名的西夏黑山威福军司所在地黑城遗址）盗掘文物的奥布鲁切夫，从塔尔巴哈台商人那里获知敦煌莫高窟发现藏经洞一事后，便急切地于当年10月就来到敦煌，并仅以6包日用品的代价就从王道士手中骗取了两大包经卷写本。令人费解的是，奥布鲁切夫生前并未将这些敦煌遗书整理发表过，后来他所攫取的那两大包敦煌遗书也无从查找确认，据说是混在后来沙俄探险家奥登堡所攫取的那一大批敦煌遗书之中，这就使奥布鲁切夫最先骗取敦煌遗书一事变得无从稽考。确

奥布鲁切夫

生卒年不详，苏联科学院院士、苏联地理学会名誉会长。

实，关于奥布鲁切夫骗取敦煌遗书一事，至今也不知道源头出自何处，倒是20世纪50年代初奥布鲁切夫本人以库库什金之名出版的一本书，即《在中亚僻远的地方——寻宝人见闻录》(注：该书中文译本在1963年由商务印书馆出版时，被译者吕肖君等人译为《中亚西亚的荒漠》)，似乎为人们提供了答案，至少是一条值得关注的线索：书中将库库什金在中国获取敦煌遗书的具体过程叙述得极为生动而细节清楚。然而，对于奥布鲁切夫这本书的性质，人们却提出了不同见解，那就是这本书到底是作者"回忆录式的旅行记"呢，还是虚构的科幻小说？对此，敦煌学界可谓是仁者见仁，智者见智，以致将奥布鲁切夫骗取敦煌遗书一事搅得真假难辨，聚讼纷纭。到了1989年冬天，苏联著名汉学家、敦煌学家孟列夫第一次来到中国敦煌，这位几乎接触了列宁格勒珍藏的所有敦煌遗书的学者，将奥布鲁切夫是第一个骗取敦煌遗书的外国人之说予以"澄清"。他认为《在中亚僻远的地方——寻宝人见闻录》一书是一本游记小说，库库什金是作者在小说中虚构的人物。对于孟列夫为奥布鲁切夫骗取敦煌遗书进行这种看似合理的"澄清"之论，中国的一些学者竟然表示认同，并附和说将奥布鲁切夫在小说中的虚构活动"误认为一位俄国探险家在敦煌的探险活动，实属误传"。

对此，笔者实在不敢苟同，试想奥布鲁切夫作为一名行事细致严谨、治学讲究实据的著名科学家，虽然他确实喜欢并发表过一些科幻小说，但是他的《在中亚僻远的地方——寻宝人见闻录》一书作为"寻宝人见闻录"，其内容绝不可能都是虚构之事，何况他于1905年确实在中国西北地区从事过考古发掘工作，而这时距离藏经洞被发现已经有5年多的时间，他不可能对这一在甘肃和新疆等地已经广为散布的消息毫无所知，既然能够获知这一消息，他也就不可能不前往探寻，因为作为不远万里到中国境内来探险的寻宝者，奥布鲁切夫绝不会像中国的官僚学者汪宗瀚和叶昌炽等人那样对宝藏经卷漠然视之，因此前往敦煌莫高窟探寻藏经洞应该毫无可质疑之处。如此，奥布鲁切夫用6包

日用品换取两大包敦煌遗书一事，也就绝对不是什么没有根据的"据说"，而应当是毋庸置疑的铁的事实。

不过，由于奥布鲁切夫骗取敦煌遗书的数量，远远不及随后而来的英国人斯坦因，而且斯坦因还持有当时中国政府颁发的合法护照，致使他能够堂而皇之地前往敦煌"探险"寻宝，所以笔者更愿意认可斯坦因才是劫掠敦煌遗书的第一个外国人。那么，斯坦因是何许人也？他又是如何骗取大量敦煌遗书的呢？

马尔克·奥莱尔·斯坦因（1862—1943年），原籍匈牙利，是世界著名的考古学家、艺术史家、语言学家、地理学家和探险家。他一生所向往的是亚历山大大帝的远征，为了事业终身未娶，在考察中曾经冻掉几根脚趾，却毫无怨言。斯坦因曾经分别于1900—1901年、1906—1908年、1913—1916年、1930—1931年进行了4次著名的中亚考察，考察的重点地区就是中国的新疆和甘肃。

马尔克·奥莱尔·斯坦因

斯坦因在中国积贫积弱的情况下，用极其不光彩的手段得到敦煌遗书。

斯坦因于1862年11月26日出生于匈牙利布达佩斯的一个犹太人家庭，排行第三。斯坦因童年时，匈牙利是奥匈帝国的一部分，故除了匈牙利语，他还自幼精通德语，这为他接受后来的教育铺平了道路。1872年，10岁的斯坦因被送到德国上学，在那里学会了希腊语、拉丁语、法语和英语。5年后，斯坦因返回匈牙利，进入作为大学预科的信义会中学，在这里开始了他的东方学研究。由于经常聆听匈牙利地质研究所所长洛克齐的演讲与报告，斯坦因逐渐对亚洲产生了浓厚的兴趣，向往如亚历山大大帝远征那样远程旅行到亚洲去。后来，斯坦因又先后进入维也纳大学、莱比锡大学和图宾根大学专攻东方学，从名师罗特和比累尔那里学会了梵文和波斯语，21岁时取得了哲学博士学位。其后，斯坦因赴英国伦敦大学、牛津大学和剑桥大学从事博士后研究工作，主攻东方语言学和考古学，但是由于他没有选学汉文，致使他20年后来到中国敦煌藏经洞时感到当初的选择实在是一个严重的失误。在这期间，斯坦因曾被征入伍，在匈牙利军队中服役一年，掌握了地形测量和制图等技术，这些技能后来在他赖以成名的中亚考古探险生涯中起到了很大的辅助作用。

关于斯坦因第一次到中国新疆等地进行探险考察并大获成功的往事，在此不再过多细述，只要从他后来完成的那部巨作——《古代和田》中，便不难明了他创造了怎样惊人的奇迹。与第一次前往中国新疆等地探险考察一样，斯坦因在准备第二次到中国新疆等地进行考察之前，向英属印度政府和英国政府内阁印度事务部提出申请时，不仅强调他的探险范围除了新疆、甘肃和陕西之外，"有必要的话还要再往东行"，而且"在护照上明确地提一下我的官职显然是很有用的"。

由此可见，斯坦因并不满足于在中国新疆和甘肃两地范围内进行探险考察，他恨不得将整个中国西北那广袤大地上的宝藏洗劫一空，至于要求在护照上明确标注他的官职，则说明他对中国积习久远的那种"官大一级压死人"及"万民怕一官"的政府体制和社会现实是较为谙熟的。于是，经过英属印度政

斯坦因（前排右二）在新疆考察

在1906—1908年的第二次中国探险活动中，斯坦因除重访和田和尼雅外，还发掘古楼兰遗址，并在敦煌附近长城沿线掘得大量汉晋木简，最重大的"收获"是骗盗走了大批敦煌遗书。

府和英国政府有关部门的"通力合作"，斯坦因这位探险家便有了这样内容的护照：

护　照

外务部为发给护照事。

准大英国驻京大臣萨（道义）函称，"准印度政府咨称：本国总理教育大臣司代诺（注：斯坦因）请照游历新疆在案，现拟明春复派由印度携带从人前往新疆、甘肃、陕西等省考察古迹，请缮发护照"等因，本部为此缮就护照一纸，并盖印标朱记，送交大英国萨大臣转给收执。所有经过地方官，于司代诺持照过境时，立即查验放行。照约妥为保护，毋得留难阻滞，致干查究，切切。须至护照者。

右给大英国总理教育大臣司代诺收执

光绪叁拾壹年捌月拾贰日

如果说英属印度政府凭空册封斯坦因印度总理教育大臣一职，以及英国政府有关部门又升任其为大英国总理教育大臣，是一个精心而随意的阴谋策划的话，那么清政府外务部不加核实便发给护照，简直就是一个稀里糊涂的笑话了。不过，斯坦因正是因为持有这本在中国政府各级官员看来不可怠慢的护照，从而使他在中国新疆、甘肃等地的探险考察变得异常容易，当然也为他从王道士那里骗取大量敦煌遗书提供了便利。

于是，斯坦因等人经过一个月的艰苦跋涉，终于在1907年3月12日迎着凛冽的寒风进入了敦煌县城。刚到敦煌，斯坦因就从一个来自乌鲁木齐的维吾尔族商人那里得到了这样一个消息：莫高窟的王道士在一个石屋里发现了满满一屋子古书。细究之下，斯坦因还得知这批无价之宝已由官府下令封存，由王道士负责看管。

斯坦因立即来到莫高窟，不料王道士已经外出化缘去了。但很快，斯坦因聘请的师爷湖南人蒋孝琬就从一个留下来看守洞窟的人的嘴里套出了内情：王道士在修缮洞窟时确实发现了一个藏满经书的密室，里面的经卷可以装满几辆马车，现已被甘肃省府下令就地封存。同时，蒋师爷还说服那个看守人拿出了一个卷子，经过一番鉴定之后，斯坦因得知这是一卷年代相当久远的佛经。于是，斯坦因马上与蒋师爷周密地盘算起来，准备用最为妥善的办法来获取这批经卷。由于掌管钥匙的王道士云游化缘去了，斯坦因只能耐心地等待着。在这期间，斯坦因在当地官府的帮助下，召集了一伙人进入冰冷的沙漠，去探索那神秘的长城残迹。在此过程中，他不但发掘出大量汉晋木简，而且还找到了驰名中外的玉门关遗址。

莫高窟第249窟附近的洞窟群

1907年斯坦因拍摄。

阳春五月，莫高窟千佛洞香火弥漫，一年一度的庙会在此举行，成千上万的善男信女挤满了莫高窟前的河谷。举行庙会自然不能少了管庙人，外出化缘的王道士这时已经回到莫高窟，斯坦因终于见到了这个"胆小而机警"的王道士。于是，欧洲人所欢呼的斯坦因的最伟大的胜利，而同时也是为中国人所唾骂的可耻的哄骗行径，就此开始了。

5月21日，斯坦因再次来到莫高窟，在这个荒凉的遗址见到了恭候多时的王道士。初次见面，斯坦因就感觉王道士并不是一个容易对付的人，"他看上去有些古怪，见到生人非常害羞和紧张，但脸上却不时流露出一丝狡猾机警的表情，令人难以捉摸"。因此，第一次见面，斯坦因没有长时间与王道士在一起交谈，他担心王道士看出自己的热切，因此他只是挑几个主要洞窟进行了一番考察，并对一些较为重要的壁画进行拍照，以此来掩饰自己此行的主要目的。当他来到莫高窟最北端的洞窟时，不由地瞟了一眼藏经洞的入口，那里就是发现大批经卷绢画的地方，那些宝藏至今还封存在里面。然而，让斯坦因有一丝不安的是，他发现窄小的密室入口已经被砖墙堵住。

斯坦因的第一个主要目标，就是想办法了解全部经卷的原始堆积和存放情况。于是，通过蒋师爷费尽心机的交涉，在答应给王道士修缮庙宇进行捐助之后，王道士终于说出封堵密室入口的目的，是为了防范那些香客们的好奇心。原来，最近几年来每到庙会的时候，前来朝拜的香客往往数以千计，把整个洞窟遗址围挤得水泄不通，而官府对这批经卷没有兴趣，也无钱将这批经卷运走保存，而是令他就地封存保管。除此之外，心存疑忌的王道士始终不答应让斯坦因看一下全部经卷保存状况的请求，更别提购买经卷文书了，至于应允让他们看一看自己手头上的那几份卷子，还添加上

蒋孝琬

蒋孝琬（？—1922），湖南人，俗称"蒋师爷"。斯坦因第二次中亚探险进入新疆，他协助斯坦因欺骗王道士，掠夺藏经洞经卷9000余及佛画500余，仅付与王圆箓30英镑。

莫高窟第4窟内景

这张照片是斯坦因在莫高窟洞窟里拍摄的第一张照片,时间为1907年5月22日下午3点。

了许多限制性条件。

　　碰壁之余,斯坦因意识到用金钱来收买王道士显然是不可能的,这会伤害他坚毅的宗教感情,或者使他担心众怒难犯,也许二者兼而有之。另外,企图以考古为理由来说服王道士,似乎也是徒劳的,因为不通文墨的王道士对西方先进的考古学毫无兴趣。经过一番绞尽脑汁之后,斯坦因决定从宗教信仰方面打开一个缺口,希望在情感和心理上拉拢王道士,以求获得一线转机。于是,斯坦因首先请求王道士允许他们参观他全力兴修的那座庙宇,以便他们对修整方案提供一些可供参考的建设性意见,并根据实际需要来确定他们将要捐助的金额。因为他们已经发现,来此已近8年的王道士把修整庙宇一事看得极其重要并引以为豪,若以此作为突破点也许会有所成效。果然,斯坦因的这一请求被王道士欣然接受,并亲自引导他们走进高大的庙堂,穿过通往后殿的走廊,参观了庙内的陈设与构造。不过,斯坦因的心思并不在那些巨型塑像和雕梁画栋上,他不时地向后张望,那座被砖块封闭起来的秘密书库,就像引力强大的磁石一样吸引着他,但是斯坦因又清醒地知道,此时绝对不能提及藏经洞的事,而是要投其所好去询问王道士是如何整修这座庙宇的,并要对他所参观的一切赞不绝口。

其实,王道士新塑的雕像简直俗不可耐,但是这个思想单纯的道教信徒为了这座庙宇,以及为了在宗教上修功积德而毅然担负起对它们的修复工作,并表现出极为虔诚的态度和献身精神,这一点倒让斯坦因从内心深处有所钦佩。钦佩之余,斯坦因进一步看清楚了王道士的性格和为人,他认定王道士对宗教有着虔诚而坚定的信仰,但是也有着一种天真的愚昧和狡猾的固

行脚僧图

出自藏经洞的行脚僧图,原型认为是玄奘。

执，简直就是一个奇特的混合物，而这也正是中国古代那些头脑简单、信仰虔诚，甚至变得迷信的宗教信徒的特点。在这种情况下，斯坦因又像以前那样提起了中国僧俗都十分敬佩的唐僧玄奘，果然王道士一听到斯坦因谈及玄奘，顿时两眼放射出了一丝光芒。这一细微变化迅速被斯坦因所捕捉，于是在周围满是佛教神像的氛围里，斯坦因开始向王道士谈起自己对唐僧玄奘的无比崇拜，并绘声绘色地讲述自己当年如何沿着玄奘西天取经的足迹，穿越了人迹罕至的山岭和沙漠，又如何去追寻玄奘当年曾经到达和描述过的佛教圣迹。尽管斯坦因的汉语表达能力极差，但是在蒋师爷的帮助下，他还是把自己所知道的有关唐僧玄奘的一些可靠记载，以及他漫长旅途中所见的风土人情描述得细致入微，引人入胜。果然，王道士听得两眼发亮，简直有点儿入迷了，因为他对唐僧玄奘的崇拜简直到了顶礼膜拜的程度，于是他把斯坦因带到了外边一处新近构筑的走廊，那儿有他请人画上去的唐僧西天取经遭遇九九八十一难的故事，并开始热情而兴奋地指点和解释着每一幅壁画的内容——唐僧收徒、唐僧得龙马、唐僧遇妖怪……但是，斯坦因特别注意的，是适合自己情况的那幅画——唐僧站在河水急流的岸边，他的龙马满载着佛教经卷，一只大乌龟向他游过来，准备驮他渡过这一"劫"，故事中唐僧正是这样从印度把佛教经卷带回中国的。面对这幅画，斯坦因反复提醒王道士，希望他能够理解这幅画面中的故事内涵，而让自己把这些古代经卷再重新"取回西天去"。

这天晚上，蒋师爷终于从王道士那儿得到了几卷经文，随即他不顾白天与王道士进行艰难周旋之疲劳，连夜翻阅这几份经卷，希望能从中获得一丝有用的信息。果然，蒋师爷惊异而兴奋地发现，这些经卷竟然是唐僧玄奘当年从印度带回中国并翻译出来的汉文佛经，经卷边页上书写有玄奘的名字可作证明。对此，蒋师爷立刻意识到可以充分利用这一点来影响心中尚存猜忌的王道士，于是他立即将这一消息和自己的想法告诉了斯坦因。面对这份犹如天助的佛教经卷，斯坦因也显得极为激动，第二天一早便将这一奇异情况告知了王道士，

声称这是唐僧在天之灵催促他向西天印度来客斯坦因展示密室里的藏经。对此，王道士也惊呆了，心中暗想这莫非真是天意：从印度来的唐僧的崇拜者和忠实信徒——欧洲人斯坦因请求带一些经卷送回印度原地，而自己随手抽出的这几卷经书，恰恰就是唐僧从印度带回来的经书译本。

几个小时之后，虔诚而愚昧的王道士拆除了封堵在密室入口的砖墙，打开了藏经洞的大门。这对于斯坦因和王道士乃至对于整个敦煌来说，都应该是历史性的一刻，从此斯坦因的名字也与敦煌、敦煌遗书紧紧地联结在了一起。

借着摇曳不定的灯光，斯坦因睁大了眼睛向阴

藏经洞

斯坦因于1907年拍摄。他已经把一些经卷从第17窟里搬出来放在第16窟的甬道上。

运送经卷

斯坦因拍摄，后上色。图中的几辆马车上，装满了各种经卷，大量国宝就这样被这个无耻的西方人盗走了。

暗的密室中看去，"只见一束束经卷一层一层地堆在那里，密密麻麻，杂乱无章。经卷堆积的高度约有10英尺，后来测算的结果，总计近500立方英尺。藏经洞的面积大约有9平方英尺，剩下的空间仅能勉强容得下两个人"。

在接下来的7天里，斯坦因在蒋师爷的帮助下，在藏经洞外甬道中开始一件件地检阅着王道士不断抱出来的写本经卷和绢画织物，他们将自认为最有价值的卷子和绘画挑选出来，然后小心翼翼地堆放在一旁。再后来，在蒋师爷那如簧之舌的鼓动下，被说服了的王道士在斯坦因答应严格保密的前提下，使斯坦因以相当于500卢比的40块马蹄银成功地交换了他所挑选出来的那批经卷，而这批经卷后来在被他运走时竟然装满了整整29只大木箱。

有了第一次与王道士打交道的成功经验，斯坦因于1914年再次来到敦煌，这一次王道士又以足足装满5个大木箱的600多卷写经，从斯坦因手中换取了他认为价值相当的马蹄银。到了1916年冬季，斯坦因第三次来到中国时，从敦煌等地可谓是满载而归，45头骆驼载着182箱壁画和其他文物珍宝，由新疆喀什出发一路顺畅地转运回了英国。在这次"考察"之后，斯坦因写下了《亚洲腹地》和《在中亚的古道上》两部著作，讲述了他在中国新疆和甘肃等地考察探险的详细经过，从而为他在世界学界赢得了巨大声誉。斯坦因前后3次在敦煌莫高窟所得，共计9000多卷写本和500多幅佛画，仅此便达到了他一生考古事业的顶峰。为此，他在西方获得了各种荣誉，如英国皇家亚洲学会颁赠的金质奖章、牛津大学颁赠的荣誉博士学位等。

1943年10月，已经81岁高龄的斯坦因在阿富汗地区进行探险考古时，因着凉而发展成为支气管炎，最后中风死在了探险考察的道路上。

◎ 不甘落后的盗宝人——伯希和

与斯坦因骗取敦煌遗书手法相同的，还有随后而来的法国人伯希和，所不同的是由于伯希和精通汉学，故此他骗取敦煌遗书的手段更加高明，以致哄骗得王道士竟能容许他进入藏经洞，并对洞内所有经卷进行随心所欲的悉数翻检，也正因如此，伯希和虽然不是第一个骗取敦煌遗书的外国人，但是他所获敦煌遗书的价值却是无与伦比的。那么，伯希和是何许人也，他使用了什么样的骗术才得以进入藏经洞，他所骗取的敦煌遗书到底有着怎样非同寻常的价值呢？

保罗·伯希和（1878—1945年），法国人，早年就读于法国政治科学学院和法国国立东方语言学院等院校，师从世界知名汉学家沙畹、列维等，学习中国及东方其他国家的历史文化。有着惊人记忆力的伯希和，凭借其非凡的语言天赋，不仅掌握了13种语言，而且对中文极为精通，简直达到了随心所欲、引经据典的程度。他尤其对中国史料学、目录学和历史地理谙熟于心，这

保罗·伯希和

保罗·伯希和（1878—1945年），法国著名汉学家、探险家。从敦煌莫高窟劫走6000余种文书，此外还有200多幅唐代绘画与数量不等的幡幢、织物、木制品、木制活字印刷字模和其他法器。

都为他后来骗取敦煌遗书提供了其他外国人所不能比拟的优势条件。1898年，伯希和前往越南河内学习并供职于印度支那考古学调查会（即著名的法兰西远东学院），曾数次奉命前往中国为该学院购买中国古籍。特别是1900年中国爆发大规模义和团运动期间，伯希和不仅与冲击法国使馆的义和团发生了正面冲突，还趁乱在北京大肆搜集了诸如《永乐大典》和《道藏》等一大批汉、藏、蒙文珍贵典籍文献，仅此，待到1901年他返回越南河内时，这位年仅22岁的青年便升任为该学院最年轻的汉学教授。

1904年，伯希和回到法国后因其对中国历史和语言的精通，遂被"中亚与远东历史、考古、语言及人种学考察国际协会"法国分会会长塞纳委任为法国中亚探险队队长，与测绘师路易·瓦扬博士和摄影师查尔斯·努埃特组成了一支只有3名成员的中亚探险队。1906—1908年，伯希和和他的队员们潜入中国西北地区，先后在新疆喀什、库车和土木休克等地进行大肆发掘，随后在乌鲁木齐稍作休整准备前往敦煌莫高窟时，幸运地遇见当年因义和团事件而被流放至此的清宗室辅国公载澜，并从这位当年不共戴天的敌手手中获见一件敦煌遗书，也从其口中得知了敦煌莫高窟发现藏经洞的消息。由此，原本只准备到敦煌对莫高窟千佛洞壁画和塑像进行拍照研究的伯希和，便将探险寻宝的目光急切地盯在了攫取敦煌遗书上。

1908年2月12日，迫不及待的伯希和和他带领的两名队员终于来到了敦煌。面对气势恢宏的莫高窟及窟内美轮美奂的无数壁画，用叹为观止来形容伯希和一行人当时的心态，应该是恰当的。即便此时王道士同样外出化缘未归，也不妨碍伯希和等人对莫高窟表现出极大的兴趣，所以伯希和没有像斯

爱新觉罗·载澜

爱新觉罗·载澜（1856—1916年），清末宗室，道光帝之孙，同治帝和清德宗光绪帝堂兄弟，封辅国将军，后晋封辅国公。

五层楼

1908年伯希和考察队拍摄的第96窟当时的模样,《伯希和敦煌石窟笔记》中对它描述称"大雄殿五层楼",就是现在的九层楼。

坦因那样因一时接触不到敦煌遗书而表现出急不可耐,而是开始有条不紊地对莫高窟进行洞窟编号、对壁画和塑像拍摄,以及抄写洞窟内各种文字的题记等。

不久,伯希和与外出化缘归来的王道士见了面,首次相见,王道士就被伯希和一口纯正的京腔汉语所折服,他实在不敢相信这位金发碧眼的洋大人,不仅能说极为流利而纯正的京腔汉语,而且对中国的历史文化也极为精通,这不由使不通文墨又带有湖北地方口音的王道士产生了一种自卑感。暗暗怀有自卑感的王道士,虽然对伯希和有着莫名的好感,但是他依然小心谨慎地与这些洋人保持着距离，直到他确信当年自己以敦煌遗书与斯坦因做交易一事没有泄露，才逐渐与伯希和等人有了一些试探性的接触。而伯希和不愧为熟谙中国历史文化和风土人情的汉学家，他紧紧把握着王道士这种若即若离的慎重态度，并没有表现出急于获取敦煌遗书的意图，而是按部就班地做着他先前已经开始了的工作。

半个多月后，也就是1908年3月3日，欲擒故纵的伯希和终于如愿以偿，被王道士引进了那处神秘的藏经洞，面对几乎塞满了整个洞窟的各色经卷文书，伯希和"简直惊得呆若木鸡"。对此，伯希和在当天的日记中这样写道：

今天是节日！我一连十个小时都蹲在储藏文书的洞窟当中。这个洞窟十尺见方，三面墙壁上堆满了如山的文书，不放在地上就挪不出来。一天下来我已疲惫不堪，但却没有一丝后悔。

接下来，在整整3个星期的时间里，伯希和与他的队员几乎是吃住在藏经洞中，以每天翻检1000卷文书的速度，对藏经洞中所有的经卷文书和绢画都翻阅一遍，哪怕是一张残缺不全的纸张，伯希和也自认为绝对没有放过。在翻检这批敦煌遗书的过程中，精通汉学的伯希和心中自有选取标准：一是佛教《大藏经》中未曾收录之经卷；二是写有确切年代题记的汉文文书；三是汉文之外的各民族文字材料。对于伯希和的这一选取标准，即便在今天来看，也不能不让人们佩服他精湛的汉学学识，以及面对巨大文化宝藏时真正的学者所应保持的清醒和理智，因为这一选取标准几乎囊括了敦煌遗书中的所有精华。因此，伯希和在翻检这些经卷文书时，便有意识地将其分为两堆：一堆就是按照这一标准挑选出来的他认为最有价值且必须想方设法据为己有的，另一堆则是虽然需要但并非最为重要的。

与此同时，伯希和这位衣冠楚楚、文质彬彬的汉学家，竟然还运用了"鸡

鸣狗盗"之手段，盗窃了他自认为是"精品中的精品"的手稿，这从他的队员路易·瓦扬博士后来的回忆中，可以得知他的这种盗窃过程：

> 他的外套里塞满了他最喜欢的手稿……容光焕发，喜气洋洋。有一天晚上，他拿给我们看的是一份圣约翰聂斯托里福音；另一次，他拿来一份有800年历史的描写一个奇异小湖（注：即著名的月牙泉）的文稿，该湖位于敦煌之南的几座很高的沙丘之间；再一次是一份有关北宋时期莫高窟这个寺院的账目。

伯希和在藏经洞挑选经卷

摄于1908年，由伯希和考察队的摄影师努埃特拍摄。伯希和在将藏经洞中的遗物全部翻阅一遍后，选出并掠走了其中质量优良、最具学术价值的文献、绢画等。

这种不以为耻反以为荣的吹嘘和炫耀，着实深深刺痛了中国学者的心。与测绘师路易·瓦扬博士这种文字记述有异曲同工之"妙"的，还有摄影师查尔斯·努埃特用照相机拍摄下的罪证——伯希和在藏经洞中认真翻检敦煌遗书的情景照片，他也许没有想到这张照片竟成为全世界获知伯希和攫取敦煌遗书的第一现场证据。

敦煌遗书已经被伯希和翻检了一遍，接下来就是如何将它们裹挟而去了。起初，野心勃勃的伯希和想将所有敦煌遗书席卷一空，但由于藏经洞被发现的消息早已广泛流传，即便王道士胆大包天也不敢将敦煌遗书悉数卖完，于是伯希和与王道士经过一番秘密商谈之后，最终以500两白银换取了他所挑选的那批大约6600余卷精品文书，以及大量精美的绢画和丝织品。

那么，伯希和盗买的经卷文书在整个敦煌遗书中到底占有怎样的分量呢？对此，有关专家学者总结认为，根据目前法国国家图书馆所藏约9000件敦煌西域文献中，敦煌遗书就占有7000件，很显然绝大部分来自伯希和从王道士手中所盗买。而伯希和来到中国敦煌盗劫文书时，虽然比英国人斯坦因晚了一年，但是由于他比斯坦因有着更加优越的条件，所以他骗买的敦煌遗书的价值，要远远高于斯坦因的。

确实，谙熟汉文、俄文、藏文和突厥文等10多种文字的汉学家伯希和，不仅多次来到中国大肆购买典籍文书，还曾于1902—1904年在法国驻华使馆中任过职，因此他盗买的敦煌遗书虽然在数量上没有斯坦因的多，甚至也没有后来俄国人盗走的多，但却是敦煌遗书中最精华的部分，其中还有许多孤本秘籍。比如，敦煌遗书中标有确切年代的卷子本来就不多，但这些却大部分为伯希和所得。据有关专家学者统计，在伯希和原编的2700号敦煌遗书草目中，标有确切年月的就有515件，约占19%，即将近1/5；而斯坦因所窃部分，有年月的卷子约占4.3%，不足伯希和所获的1/4；国家图书馆所藏敦煌遗书中，有年月的卷子仅占0.58%，是伯希和的1/32；俄罗斯所藏敦煌遗书中，有年月

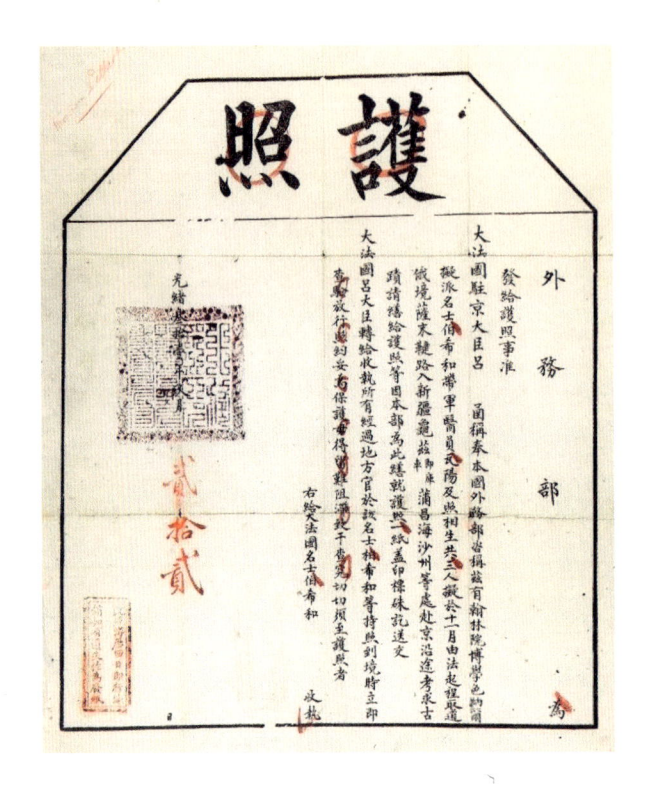

伯希和的护照

伯希和早年在法国东方语言学院学习汉学，22岁就被聘为法兰西远东学院的教授。图为光绪三十一年（1905年）清政府发给伯希和的护照

的卷子为1.36%，是伯希和的1/14。再比如，敦煌遗书中的佛教卷子约占90%以上，所以有人称敦煌遗书为佛教遗书，而世俗文书即直接关系社会政治经济的非佛教经典，数量虽少，研究价值却更高。

在伯希和盗去的卷子中，世俗文书占了很大比重。目前，法国所藏敦煌世俗文书的数量最多，研究价值也最大。据统计，现在国家图书馆所藏敦煌遗书中，95%以上为佛经卷子；英国所藏的佛经卷子约为85%；俄罗斯所藏的佛经卷子也为85%；而在法国巴黎所藏的3900卷汉文卷子中，佛经仅占65%左右，约为2500卷。由此可见，伯希和将敦煌遗书中最精华的部分几乎是洗劫一空。

1908年3月24日，已经与王道士完成交易的伯希和并没有立即离开敦煌，而是欲盖弥彰地继续在莫高窟从事先前所做的那些工作，直到两个月后才志得意满地满载而去。与斯坦因一样，当伯希和与他那满载中国珍贵文物的车队沿着河西走廊向东行进时，简直是如入无人之境，至于途经西安、郑州乘火车到达北京，更是顺风顺水，没有丝毫的阻拦。随后，伯希和派遣测绘师路易·瓦扬博士押运大部分敦煌遗书先行返回法国，自己则随身携带一部分南下上海和无锡等地，在中国当时最大的收藏家、两江总督端方，以及从新疆流放地返回江南的裴景福等人那里拍摄了一些金石书画照片后，才于当年12月中旬返回了越南河内。

伯希和虽然走了，但是他却留下了一个至今也只能算是推测的谜题：他是如何哄骗王道士让其进入藏经洞的？对此，我们不妨先来看一份王道士准备上呈给"老佛爷"慈禧太后的奏件：

道末湖北省麻城县人，现敦煌千佛洞住持王圆箓敬叩天恩活佛宝台座下：

敬禀者，兹有甘肃省敦煌古郡，迤郡东南方踞城四十里，旧有千佛洞，古名皇庆寺。其洞在石山之侧，内有石佛、石洞、泥塑佛像，俱有万万之像，惟先朝唐宋重营碑迹为证，至本朝光绪皇帝年内，因贫道游方至敦，参拜佛宇，近视洞像破毁不堪，系先年贼烧损。贫道誓愿募化补修为念，至（光绪）贰拾陆年五月贰拾陆日清晨，忽有天炮响震，忽然山烈（裂）一缝，贫道同工人用锄挖之，掀出闪佛洞一所，内有石碑一个，上刻"大中五年"国号，上载"大德悟真"名讳，系三教之尊大法师，内藏古经数万卷，上注翻译，经中印度经《莲花经》《涅槃经》《多心经》，其经名种颇多，于（光绪）参拾三四年，有法国游历学士贝大人讳希和，又有（英国）教育大臣司代诺，二公至敦煌，亲至千佛洞，请去佛经万卷，异日覆蒙天恩赐银壹万两。近闻其名而未得其款，以将佛工不能成就，区区小县，屡年募化，至今创修寺院以及补塑佛像，重修楼殿等项费用，过银贰万有余，为经款叩恩青天佛祖电鉴，特修草丹上达。肃此。

谨禀。

在王道士这份奏件中，虽然别字连篇，但是向慈禧太后催要款项的意思还是比较清楚的，而王道士之所以向慈禧太后上呈这份奏件，不能不让人联想到奏件中所提及的"请"去佛经万卷的贝希和（即伯希和）和司代诺（即斯坦因），至于王道士为什么将学士伯希和摆在英国教育大臣斯坦因之前，想来恐怕不是王道士不明白学士与教育大臣两者之间权位之大小，而应当是伯希和向王道士有所许诺，否则以王道士之谨慎精明，断然不会轻易允许伯希和进入藏经洞翻检所有经卷。由此，我们不难揣想谙熟中国风俗人情和历史文化的伯希和，在与王道士见面及相处期间肯定谎称自己在京城与当时

伯希和（坐者左一）与中国官员

伯希和探险时，沿路的中国官员为他提供了帮助和保护，这一方面要归功于伯希和的汉语能力和公关手腕；另一方面也是中国官员按照国际条约给予他的待遇

政界名流有着非同寻常的关系，能够从慈禧太后那里申请募捐到1万两白银用于修整千佛洞，而这也正是王道士实现自己广修功德之夙愿的基础。遗憾的是，王道士的这份奏件并没有上呈到慈禧太后那里，而是在20世纪40年代被敦煌艺术研究所工作人员发现，从而为人们揭开伯希和进洞之谜提供了一条极有价值的线索。

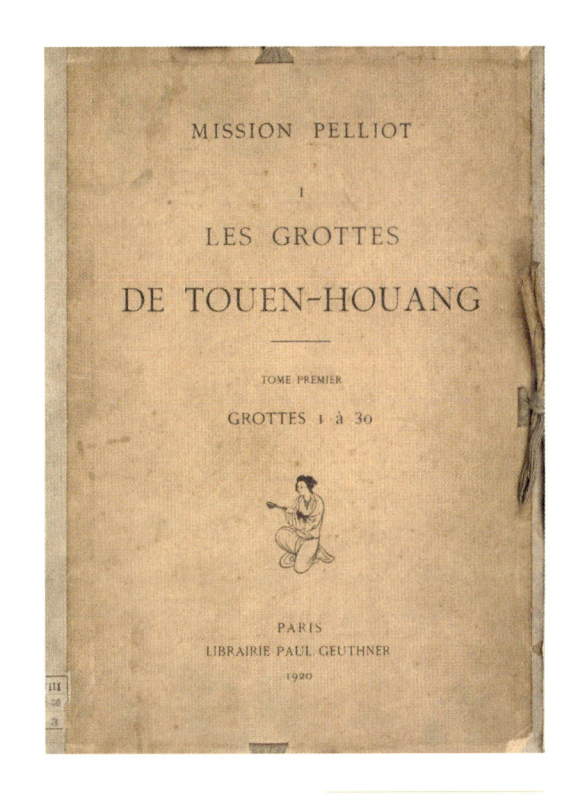

伯希和以谎言编织的利诱手段骗取敦煌遗书运到法国巴黎后，写本部分入藏法国国家图书馆东方写本部，绢画和丝织品等先是存放在卢浮宫，后来则入藏集美博物馆。待到伯希和本人回法国后，他曾编制了所获部分敦煌遗书中汉文写本的一份目录，也曾将所拍摄的敦煌壁画照片汇编成全6册的《敦煌石窟图录》，并和法国的高梯奥合作刊布了粟特文《佛说善恶因果经》，与羽田亨合作刊布了汉文《敦煌遗书》（1926年），并且在其主编的《通报》杂志等书刊中发表了大量研究论文。此外，各科专家研究他所带回的敦煌文献的成果，也形成了规模不菲的《伯希和中亚探险

《敦煌石窟图录》书影

队丛刊》。1945年伯希和去世后，法国学者编辑了《国立图书馆藏伯希和探险队所获文献资料丛刊》和《伯希和探险队考古资料丛刊》等，对伯希和带回的敦煌文献和中亚资料进行了系统整理，其中包括《伯希和敦煌石窟笔记》这部为他赢得巨大声誉的著作。至于伯希和的遗稿，则由其弟子编辑为《伯希和遗稿丛刊》，已出版的有《元朝秘史》、《金帐汗国历史注记》、《马可·波罗游记诠释》（全3卷，1959年—1973年）、《卡尔木克史批注》、《西藏古代史》、《中亚及远东基督教徒研究》等，不过至今仍有许多遗稿未能公开发表，这不能不说是敦煌学者和敦煌遗书的共同遗憾。

◎ 从敦煌一路"痛"到北京

其实，关于敦煌遗书在从最初被发现到1944年"国立敦煌艺术研究所"正式成立，这长达45年的时间内遭受各色人等疯狂劫掠的惨痛历史，岂止是一种遗憾，简直就是一出刻骨铭心的文化悲剧，至今每每回想起来仍是心痛得泪水涌流。如此，下面不妨按照时间先后大致列举敦煌遗书被劫掠的一些过程，读者也许不难从中有所感受。

光绪二十六年（1900年），甘肃省敦煌县知县汪宗瀚从前任知县严泽的手中接过道士王圆箓上呈的那几件经卷绢画后，又亲自前往藏经洞中取走了一些古经卷文书和碑帖等古物，一部分作为自己结交上级官员的礼品，一部分则上呈给了甘肃省学政叶昌炽。

光绪二十八年（1902年），作为金石学家和收藏家的叶昌炽虽然对敦煌遗书很重视，并建议甘肃省官府有关部门将这批古物运到兰州妥善保存，但因各种原因使这一建议未能得到采纳，而是下令由敦煌县官府就地封存，而那一部分由汪宗瀚上交的古物则归叶昌炽个人所有。

光绪三十一年（1905年）10月，沙俄帕米尔地质考察队的奥布鲁切夫闻

引路菩萨像

五代绢画，原藏于莫高窟藏经洞，现藏于大英博物馆，系斯坦因盗走。

风来到中国敦煌，随后仅以6包俄国的日用品就从道士王圆箓手中骗取了两大包敦煌遗书，这是敦煌遗书遭受外国劫掠的开始。

光绪三十三年（1907年）3月和10月，英籍匈牙利人斯坦因用40锭马蹄银（约合白银200两）从道士王圆箓手中先后两次骗走24箱经过挑选的六朝至宋代的古经卷文书和5箱绢画等制品及230捆手稿。

光绪三十四年（1908年）8月，法国汉学家伯希和利用3个星期的时间，将藏经洞内所有的敦煌遗书细致地翻检一遍后，以500两白银骗走6600余卷精品珍贵文书，其中古藏文卷2700余卷，其他类3900余卷。

宣统元年（1909年），日本人大谷光瑞组织探

半跪式菩萨被盗

华尔纳利用王道士的无知，以70两白银的价格购得第328窟唐代彩塑半跪式菩萨像。

险队到达敦煌，掠取大量敦煌遗书而去。

宣统元年（1909年），在满清政府层层下令、最后由敦煌县县令陈藩负责清点敦煌遗书时，道士王圆箓竟然预先私藏诸多经卷，后来这些经卷分别卖给了日本人吉川小一郎和橘瑞超的探险队，以及英籍匈牙利人斯坦因与沙俄人奥登堡等。

民国三年至四年（1914—1915年），奥登堡从敦煌盗走敦煌遗书3000余卷，另有丝织艺术精品150余方和500余幅珍贵的壁画。

民国十一年（1922年），白俄军官阿连阔夫兵败后率残部550余人潜逃至敦煌，在被中国政府扣押于敦煌期间，竟于莫高窟内肆意毁坏壁画和雕塑，给敦煌洞窟艺术带来了灾难性的破坏。

民国十三年（1924年），美国哈佛大学的华尔纳带领人员来到敦煌后，虽然没能盗买到敦煌遗书，但他竟然用胶布和特殊化学药剂从莫高窟中剥离了大批壁画，其中就包括极为珍贵的第323窟《张骞西域迎金佛》的唐人画。另外还盗买了几尊包括第328窟高达120厘米半跪式菩萨像等在内的极为优美的唐代彩塑。第二年，当他带领人员再次来到敦煌准备故技重演时，遭到了敦煌当地民众的驱逐。

民国十九年（1930年），当斯坦因第三次来到中国新疆并准备前往敦煌时，遭到国民党当局的强烈反对而不得不改道西亚和中亚等地"考古"去了。

民国二十五年（1936年），当英国人巴慎思来到敦煌准备效仿美国人华尔纳剥离莫高窟壁画时，被当地民众抓获并遣送出境。

民国三十三年（1944年），在于右任、向达与贺昌群等政界和学界知名人士的呼吁下，国民政府终于成立了"敦煌艺术研究所"，从而真正结束了敦煌遗书和莫高窟壁画等遭受列强劫掠的罪恶历史。

细心的读者一定会发现，以上所列绝大多数是外国人劫掠敦煌遗书的经过，至于国人中同样对敦煌遗书垂涎三尺并不惜采取卑劣手段进行劫掠的那些

半跪式菩萨像

  半跪式菩萨即供养菩萨，盛唐时期彩塑造像，黏土模压，表面石膏覆盖，彩绘烫金，原藏于莫高窟第328窟内佛龛左下角，现藏于美国哈佛大学赛克勒博物馆。

政界要员和知名学人，似乎有被遮羞的嫌疑。其实，与外国列强劫掠敦煌遗书及莫高窟壁画等行径有所不同的是，中国本土从政府官员到地方乡绅，从学界知名人士到附庸风雅的"文化人"，他们对于敦煌遗书采取的劫掠方式，不仅可以说是明目张胆、肆无忌惮，而且手段也更为卑劣且具有欺骗性。对此，我们不妨从敦煌遗书如何从敦煌被押运进京说起。

1909年，为采购中国文化古籍的伯希和携带部分敦煌遗书精品，经南京、天津到达北京后，便将部分敦煌遗书精品出示给当时在北京的中国学者罗振玉、王国维、蒋斧、王仁俊和董康等人。面对敦煌遗书这一惊世瑰宝，"北京士大夫中学者，于古典具趣味者纷纷造访，见此赍来之珍品，无不惊者"（救堂生：《敦煌石室中的典籍》）。与此同时，罗振玉与王国维等人还应邀前往伯希和在北京苏州胡同的寓所内观看并抄录部分敦煌遗书，并从伯希和的口中得知了敦煌藏经洞内依然藏有诸多古文书写卷的信息。随即，由罗振玉向学部左丞乔茂楠汇报，又以学部的名义亲自起草电报，要求陕甘总督毛庆蕃封存藏经洞，并先行出资购买散落民间的敦煌遗书，所花费用随后由朝廷学部电汇偿

刘廷琛

刘廷琛（1867—1932年），字幼云，晚号潜楼老人，江西九江人，光绪二十年（1894年）进士，书法家。曾任京师大学堂总监督，是中国近代开创分科教学的第一人

付。然而，当乔茂楠与学部人员协商后，虽然电报及时发往了陕甘总督署，但却将电文中随后支付费用这一句话删除了。对此，深谙当时清廷官员办事积弊的罗振玉，担心陕甘总督会因此而拖延办理此事，随即又找到京师大学堂总监刘廷琛，希望由京师大学堂支付这笔资金。而这位日后在敦煌遗书押解人员何震彝的京城宅第内积极参与挑拣珍品经卷藏入自家书房中的总监大人，竟然以"大学堂无此款"一句官话搪塞罗振玉，这使深深明白敦煌遗书学术价值的罗振玉当场激愤起来。于是，罗振玉当即表示说如果京师大学堂不愿支付这笔资金，他将从由自己负责的京师大学堂农科里节省经费予以支付，不足部分则以自己的全部俸禄来补充。闻听罗振玉发出这样痛心的慨叹，刘廷琛终于答应由京师大学堂支出这笔资金。

有了朝廷学部电文的督办和京师大学堂的资金保障，陕甘方面很快就购买到这批敦煌遗书，并派员立即押解进京，随后便出现了由中国各地各色人等"洗劫"敦煌遗书的一幕幕丑剧。诸如，宣统元年（1909年）由新疆巡抚何彦升负责派员押送敦煌遗书前往北京的途中，从敦煌、酒泉、高台、张掖、永登、兰州、定西一直到北京，沿途可谓是雁过拔毛、人人有份，这从20世纪50年代人们在以上这些地方，依然能由民间人士手中购买到大量敦煌遗书一事上，便不难明白其损失到底有多么惨重。更为卑劣可恨的是，当敦煌遗书被解送进京后，载经大车却没有押进学部大院，而是直接拉进了何彦升之子何震彝的宅第。于是，何震彝叫来其岳父、大藏书家李盛铎以及李的亲家刘廷琛、方尔谦等学界名士，对敦煌遗书残卷进行了一次极为"认真"的挑选，而选出的精品写卷则都收归到他们各自的书房中。接着，这些"名士"们为了使敦煌遗书数目与当初陕甘总督随附的一份清单相符，竟然将一卷撕成两份或三份甚至更多份，以瞒天过海、掩人耳目。随后，当这批劫余的敦煌遗书移交学部再转交到京师图书馆保存之前，这种被劫掠的命运依然没有结束……

上演劫掠敦煌遗书丑剧者被写进了历史，竭力保护敦煌遗书的人如罗振

玉等也被载入了史册，只是记载两者的文字色彩有所不同。而与这两者都不同的，还有一位"骑墙"的无知者，那就是罗振玉和王国维的另一位老朋友——京师图书馆监督缪荃孙。缪荃孙知道敦煌遗书被发现的消息，比罗振玉等人都要早，即他在伯希和从敦煌盗买这些写卷两个月后便得知。缪荃孙不仅亲自从伯希和口中听说过这样一个消息，也曾亲眼见过其中的部分写卷。然而，所有这些都没有引起缪荃孙的注意和重视，他反而认为这是一大"奇闻"。对此，缪荃孙于1908年10月25日在日记中这样写道：

缪荃孙画像

缪荃孙（1844—1919年），字炎之，又字筱珊，晚号艺风老人，江苏江阴人。中国近代藏书家、校勘家、教育家、目录学家、史学家、方志学家、金石家。

伯希和到图书馆，言敦煌千佛洞藏有唐人写经七千余卷，渠挑出乙千余卷函，有唐人《沙洲志》，又有西夏人书、回纥人书、宋及五代刻板，奇闻也。

现在想来，作为堂堂京师图书馆监督的缪荃孙竟然将自己亲眼见到的伯希和带走敦煌遗书一事视作"奇闻",这实在是一件实实在在的奇闻了。

那么,敦煌遗书到底是怎样一批古物,它在中华文化和学术研究中具有怎样重要的价值,其总共有多少卷,如今又都分布在哪些国家和地区呢?

敦煌遗书,主要分为宗教经卷和世俗文献两大部分,宗教经卷约占80%,世俗文献约占20%。在宗教经卷中,除了佛教经卷之外,还有道教、摩尼教、犹太教、祆教和景教等方面的内容,其中一部分是久佚之典,具有补缺和辑佚之功。在世俗文献中,除了传统的汉文经、史、子、集等传世典籍外,还有一些是具有校勘和订补历史文献作用的极为难得的孤本秘籍。除了宗教经卷和世俗文献文书之外,藏经洞里还发现了大批木版画、绢画、纸画、麻布画、刺孔、粉本、丝织品和剪纸等美术工

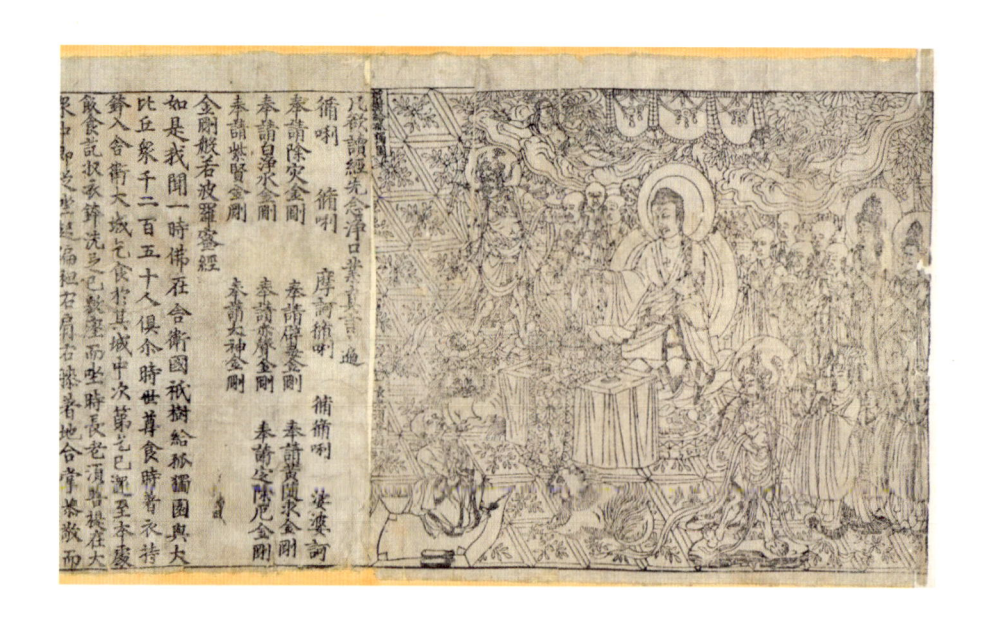

《金刚般若波罗蜜经》卷首

现收藏于英国伦敦大英图书馆的唐咸通九年(868年)王阶刻印的《金刚经》,是现存最早的标有年代的雕版印刷品,原藏于藏经洞中,1907年被斯坦因骗取

艺品，这同样是人们研究佛教艺术及其他各种艺术的重要参照史料，也是人们探讨中古时期东西方物质文化和精神文化交流中极为难得而形象的实物资料。

敦煌遗书的书写文字以汉文为大宗，此外还有上万卷吐蕃文、回鹘文、梵文、粟特文、于阗文、佉卢文、龟兹文、突厥文、叙利亚文、西夏文和蒙古文等10多种古民族文字的写本。其中，粟特文、于阗文、佉卢文、龟兹文、突厥文和西夏文等，在当时属于久已绝传的文字，此次发现复得实在是研究这些民族语言、文字、经济、文化、宗教信仰和民族历史的珍贵资料，具有极高的民族学价值和国际性意义。

敦煌遗书的形式，主要以卷轴装的写本为主，也有梵箧装、蝴蝶装、册子装、挂轴装和单张零星页片等多种形式。除了写本之外，还有拓印本、木刻本、刺绣本、透墨本、出图本和插图本等多种版本，这在中国乃至世界书籍的发展史、版本史、印刷史、装帧史上都是极为珍贵而难得的实物资料，具有极高的学术研究价值。

敦煌遗书涵盖的时限，上起东汉末年，下至元朝时期，即从2世纪到14世纪，延续时间长达12个世纪。其间，历经三国、两晋、梁、陈、北魏、西魏、北周、隋、唐、后梁、后唐、后晋、后周、北宋、西夏和元等10多个朝代，这无疑成为研究以上各个朝代历史和文化的珍贵资料。

就敦煌遗书的内容来说，包括天文、历法、算学、历史、地理、政治、贸易、哲学、军事、民族、民俗、音乐、舞蹈、文学、语言、音韵、文字、名籍、账册、函状、表启、类书、书法、医学、兽医、工艺、体育、水利、翻译和曲艺，等等，可以说是极为广泛地反映了中古社会的方方面面，是研究中古社会物质文明与精神文明的重要依据和补充参证。

然而，关于敦煌遗书的数量，至今也没有一个确凿的答案。如此，下面只好根据敦煌研究院最新的研究统计，向读者做大致的说明：目前，世界上共有14个国家和地区收藏有敦煌遗书，它们分别是中国、英国、法国、俄罗

大英博物馆

　　英国大英博物馆拥有的敦煌相关藏品达13700多件。

斯、日本、美国、德国、丹麦、印度、芬兰、韩国、澳大利亚、瑞典和中国台湾。其中，中国保存约18500件，俄罗斯约19000件、英国13700余件、法国约6000件、日本约1000件、美国25件、丹麦16件、德国3件，另外印度、芬兰、韩国、澳大利亚和瑞典等国还有数量不等的敦煌遗书。目前，在中国大陆的敦煌遗书主要保存在国家图书馆、北京大学图书馆、故宫博物院、国家博物馆、敦煌研究院、南京图书馆、上海图书馆、甘肃省博物馆、天津市艺术博物馆和天津市历史博物馆等29个博物馆或图书馆中，其中数量居前几位的为国家图书馆、北京大学图书馆、大津市艺术博物馆、敦煌研究院、上海图书馆和甘肃省博物馆，分别收藏有敦煌文献16000件、205件、300件、800件、189件和138件。另外，在中国台湾的"台北中央图书馆"还藏有144件敦煌文献。

以上说的是件数，而不是敦煌遗书的卷数，若以卷数而论，宣统元年（1909年）由敦煌运到北京时只有残存的8697卷，这与道士王圆箓发现之初近50000卷相比竟不足1/5！

◎ 敦煌遗书何时归

遍布世界多个国家和地区的敦煌遗书，犹如散落在天穹上的诸多星辰一样，虽然各自散发出或耀眼或晦暗的光芒，但是始终不如太阳或月亮将光源集中一点所散发出的光芒那样明亮而璀璨。因此，多年来中国凡是有良知和爱国心的人们，特别是敦煌学者，纷纷通过各种渠道呼唤敦煌遗书的回归。诚如一些专家学者所言，敦煌遗书是一个整体，只有在发祥地才能发挥和体现出其最大的文物及学术价值。那么，敦煌遗书何时才能回归它的母体——敦煌莫高窟呢？

文物回归向来是一个世界性难题，这不仅因为文物流散的方式多种多样，而且有关国际法律也设有诸多看似合法却不合情理的限制性规定。比如，从1954年的《海牙公约》到1970年的联合国教科文组织的《1970年公约》，再到1995年在《1970年公约》基础上修正和补充的《优尼勒公约》，虽然从一开始就对散失文物应不应该物归原主进行了激烈的争论，最终也形成了一份比较具体的有关散失文物归还办法，但是具体操作或运作起来却困难重重。对此，我们不妨来了解《优尼勒公约》中关于"被盗文物物归原主"条目下的一则内容，即第三项中指出凡是要求归还文物的国家，必须在获知失散文物的下落和物主身份的3年之内，或者获知文物被盗掘的50年内提出这一要求，否则无效。与此条法规有相似之限制的，还有该条约第三章中关于"非法被运出国文

物的回归"一条，其限制内容可以说与上述"被盗文物物归原主"一条如出一辙。由此可知，敦煌遗书被盗劫海外的时间，早已超过该条约所规定之年限。何况，有些外国人士还指出，敦煌遗书多是当事人当年出资从王道士手中所购买，并不属于被盗劫或非法运出中国之文物，即便对照该公约也毫无法律效力。如此说来，敦煌遗书回归中国敦煌莫高窟就毫无办法和可能了吗？

对此，新加坡南洋理工大学教授郭淑云女士以举例的方式，提出了一种比较切合实际的说法："要追回这一类的宝物（如敦煌遗书），并不是那么容易的。然而，却也并非完全不可能。今日中国国际地位提高，绝对有可能利用跨国合作的方式追回

莫高窟第328窟内景

莫高窟第328窟西壁佛龛，其中龛内左侧的一尊供养菩萨像，即前面所说的半跪式菩萨像在1924年被华尔纳盗走，现存于美国哈佛大学赛克勒博物馆。

国宝。"问题是，如何追讨？追到什么程度？

20世纪90年代以来，世界各国国宝回归祖国的例子时有所闻。比如，前些年在美国纽约佳士得春节拍卖会上，拍卖名单上原本有一尊北魏半身石雕佛像。由于中国国家文物局获知消息，提出声明，美国海关总署采取行动，把物品查封，不准拍卖。石雕像后来被交回中国，不花分毫。不过，像这样的例子实在是少之又少。

与这种通过国家与国家之间交流合作讨还文物方式有所不同的，还有一些国际友人无偿捐赠的事例。比如，1997年10月9日，日本友人青山庆示将家藏的8件敦煌遗书送还了中国敦煌。著名敦煌学家、时任敦煌研究院名誉院长段文杰先生就对青山家族的这一举动表示了高度赞赏，并希望日本友人的这一举动能够带动更多散失海外的敦煌文物回归故里。令人感到十分遗憾的是，日本青山家族虽然开创了流失海外的敦煌文物回归故里之先河，此后至今却再也没有敦煌遗书回归的情况发生。对此，敦煌研究院专家高千先生认为："文物回归绝非易事，不仅需要像青山庆示这样有识之士的义举，也需要国内学者和有关部门的不懈努力，需要各行各业爱国、爱敦煌人士的热忱支持和资助——需要国家威信的提高，需要国外同行的协助……"

诚如斯言，文物回归除了海外有识之士的捐赠义举之外，直接讨要或通过法律手段追讨亦大多收效甚微。据说，近年来中国政府曾派出数十位专家学者前往国外一些博物馆和收藏机构，希望能够直接索回原本属于中国的文物，然而大都无功而返。还据说，北京知名敦煌学专家们曾济济一堂，商讨运用法律手段索回敦煌文物，然而事情的进展并不顺利，一些人还以当年斯坦因、伯希和等人曾出钱购买文物为借口，使得索回敦煌文物将进入旷日持久的法律官司。因此，敦煌遗书回归敦煌绝非易事，它不仅需要各方面的通力协作，更需要合适的时间和成熟的时机，否则只能像直接追讨或无偿索还那样痴人说梦罢了。记得现任敦煌研究院名誉院长樊锦诗女士对如何使仍散落民间的敦煌遗书

回归敦煌曾提出见解，希望通过捐赠或购买等方式，促使这批文物尽快回到敦煌以供研究应用。确实，出资购买散失文物已经成为中国文物回归的主流方式，这从近年来海内外商界巨子纷纷出资将在拍卖会上竞拍所得国宝文物捐赠祖国的行为中可得明证。

如此，在这里我们除了默默期待有识之士的捐赠义举、爱国人士的热忱支持、国内外同行的鼎力协助、中国国际形象和威信的日益提高之外，更加期待着敦煌遗书能够早日"回家"，哪怕只是"常回家看看"也好。

千年风韵莫高窟

位于甘肃敦煌东南25千米处鸣沙山东麓那段断崖上的莫高窟（俗称千佛洞），与不远处的三危山仅隔着一条不宽的宕泉河（即今天的大泉河）东西相望，它与河南洛阳龙门石窟、山西大同云冈石窟被誉为中国最著名的三大佛教石窟群。前秦建元二年（366年），从一代大德高僧乐僔因感应三危山在阳光

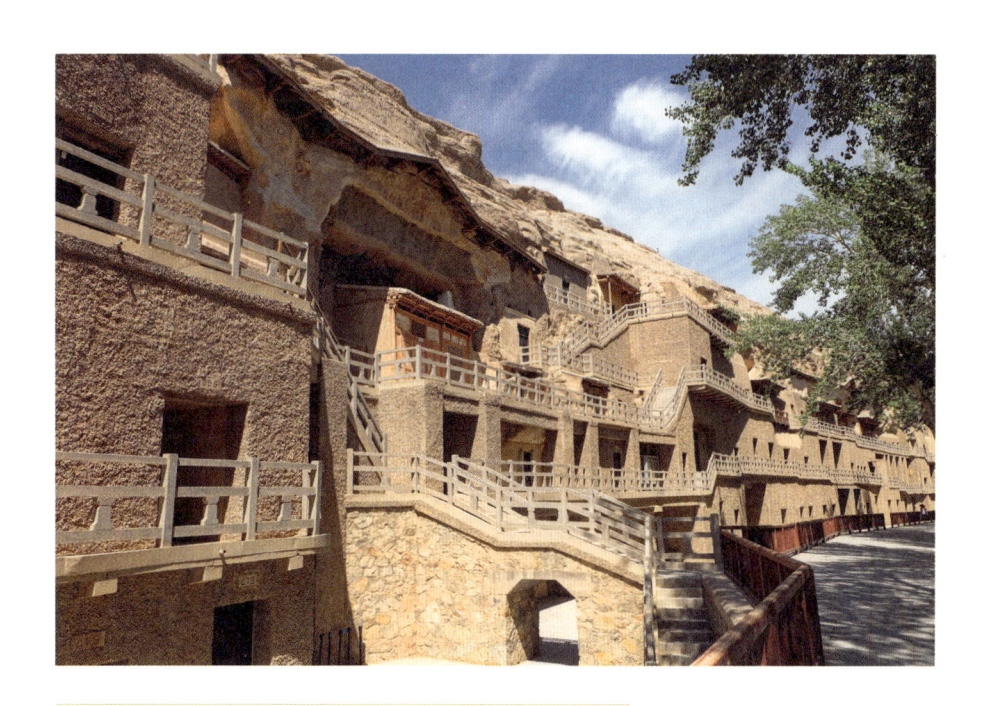

莫高窟（局部）

敦煌石窟一名通常用以指莫高窟，是莫高窟、西千佛洞的总称，有时也包括安西的榆林窟。敦煌石窟与山西大同云冈石窟、河南洛阳龙门石窟并称中国三大石窟。

照射下显现佛界神奇灵异现象，而在鸣沙山东麓那段长达1600余米的断崖上开凿用于自身坐禅修行的窟龛开始，直至宋元竟绵延十几个朝代千余年历史而不绝，从而在这里形成了上下四五层、密如蜂窝的千余洞窟龛。

如今，历经1600多年风雨黄沙侵蚀和人为战争损坏的敦煌莫高窟，不仅还存有492个洞窟、2400余尊彩色雕塑、45000余平方米精美壁画、4000余身绝伦飞天、5座唐宋木结构建筑和数千块莲花柱石及铺地花砖，还蕴藏着自十六国以来千余年的斑驳历史。不过，虽然敦煌莫高窟的历史充满了沧桑和斑驳，但是这并不能掩盖其无时无刻不在散发出的无比诱人的文化风韵和艺术魅力，单就其所蕴藏的洞窟建筑、彩色雕塑和精美壁画等艺术元素，就足以让世界上其他任何一处佛教石窟群黯然失色了。确实，千年敦煌莫高窟，千年风韵今犹存。如此，我们的脚步和心灵还在等待什么呢？

◎ 鸣沙山上的初响

其实，敦煌遗书的母体只是莫高窟现存492个窟龛中的第17窟，而仅此一窟就蕴藏着如许谜题，试想要想探寻现存所有窟龛（即便不是每一个窟龛中都藏有经卷文书）的来龙去脉，简直就是痴人说梦，如果再加上那已经湮没无寻的数百个窟龛，那就更是痴人说痴梦了。确实，与敦煌遗书一样，敦煌莫高窟自前秦建元二年（366年）乐僔和尚开凿第一个窟龛开始，至明洪武元年（1368年）基本上中止这项庞大的土木工程，其间整整延续了1000年之久。所以，在莫高窟这长达千年的开凿历史中，实在蕴藏着太多太多的未解之谜，且不说各色人等开凿窟龛的目的和功用各不相同，也不说最后一个窟龛到底是何人所开凿，单是最初开凿的具体时间问题就让世人聚讼纷纭、莫衷一是了。至于历经千余年十几个朝代开凿窟龛所体现出的迥然不同的建筑、雕塑和壁画等文化元素和艺术特色，那更是异彩纷呈、绚烂夺目，从而创造了中土文明和域外文化等多种艺术流派交会融合的无限风韵。所以，从某种程度和意义上来说，探究敦煌莫高窟最初开凿的时间问题，绝对不是一个单纯而没有意义的无解谜题，而是解开敦煌莫高窟诸多谜题的一把钥匙。因此，历代敦煌学学者无不重视莫高窟最初开凿到底始于何时等这类看似最基本问题的探究和解答，因为他们明白所有难题都是诸多最基本问题的一种积累，而最精妙的解答方式就是从最基本问题开始进行层层解剖，然后才能达到条理分明、鞭辟入里的最佳效果。如此，就让我们从敦煌鸣沙山东麓断崖上那孤独、单调而又稀落零星的开凿初响进行探寻吧。

北魏彩塑飞天像

莫高窟第110窟北魏彩塑飞天像，高26.9厘米，现藏于美国哈佛大学赛克勒博物馆，为华尔纳盗走。

关于莫高窟最初开凿的具体时间问题，如今学界大约有这样几种观点：一是西晋惠帝太安末年（303年）以前；二是东晋康帝建元二年（344年）；三是东晋穆帝永和九年（353年）；四是前秦苻坚建元二年（366年）。对于这4种观点，人们一般比较认同第四种观点，第一种与第三种观点影响不大，至于第二种观点是王素在《敦煌莫高窟创建时间补说》一文中新近提出来的，

似乎值得敦煌学学者予以关注。

抛开影响极为有限的第一种观点不提，关于第三种说法因其只源于敦煌遗书P.2691号五代后汉乾祐二年（949年）撰成的《沙州地志》中有"从永和九年癸丑岁初建窟，至今大汉乾祐二年己酉岁，算得伍佰玖拾陆年记"一句，遂有学者据永和九年癸丑为353年，五代后汉乾祐二年己酉为949年，两者之间相距正好是596年，遂认定莫高窟开凿于东晋穆帝永和九年，即353年。不过，由于此说仅采信了这一处文献，而且还是近600年之后人们的追记，所以一般不为今人所信服。至于以王素为代表的学者所提出之第二种说法，主要是因为它与第四种观点中都有"建元二年"这4个字，虽然两者对应的纪年有所不同，但是两者的史料来源均是当今学术界最为认可的莫高窟第332窟出土的唐武周

《重修莫高窟佛龛碑》
原立于莫高窟第332窟前室，民国十年（1921）被居留在莫高窟的白俄军队所断，现仅存残石，收藏在敦煌研究院，编号为Z.1101，残碑宽74厘米、高76厘米，28行，每行存8—29字不等。

圣历元年（698年）李克让的《重修莫高窟佛龛碑》（简称《圣历碑》），因此王素等人的考释不能不引起人们的重视。记得该碑原文中有这样一段文字：

……莫高窟者，厥初秦建元二年，有沙门乐僔，戒行清虚，执心恬静，尝仗锡林野，行至此山，忽见金光，状有千佛，遂架空谈岩，造窟一龛；次有法良禅师，从东届此，又于僔师窟侧，更即营建。伽蓝之起，滥觞于二僧……

对此，诸多学者因为该碑将莫高窟创建时的有关情况描述得详细而具体，故此以后所见有关莫高窟创建情况的文献大都以此为据，如敦煌遗书P.3720号唐咸通六年（865年）正月十五日撰成的《莫高窟记》写卷和莫高窟第156窟前室北壁左上方的晚唐墨书题记《莫高窟记》等。于是，诸多学者便将"初秦建元二年"直接与前秦苻坚建元二年对应起来，即认定莫高窟开凿于366年。不过，持此观点的学者并没有忽视366年统治敦煌的是前凉张氏而非前秦苻坚这一问题，按照常理来说，前凉统治下的莫高窟是不应该使用敌对国前秦年号的。对此，持这一观点的学者们认为，这里的"建元二年"应该是前秦占领敦煌之后当地人追述往事时所为。面对这种比较合理且流行多年的解说，以往学者多表示认可和接受，而近年来以王素为代表的一些学者则提出了异议，他们认为中国历史上不仅有诸多建元年号同时共存的现象，而且根据前凉外交政策与境内人心向背，以及前凉统治者与敦煌当地望族之间曾对应该使用西晋还是东晋年号问题产生过严重分歧等历史状况，遂指出这里的"建元二年"应该是当地望族私奉东晋康帝年号中的建元二年，也就是344年，至于"初秦"二字则是后来不明真相之人想当然添加上的。按照这种说法，敦煌莫高窟最初的开凿时间，就比366年之说提前了22年。遗憾的是，这种说法至今没有能够引起敦煌学界的重视和探讨，所以我们不妨先存此一说，依旧采信广为学界认可的第四种观点。

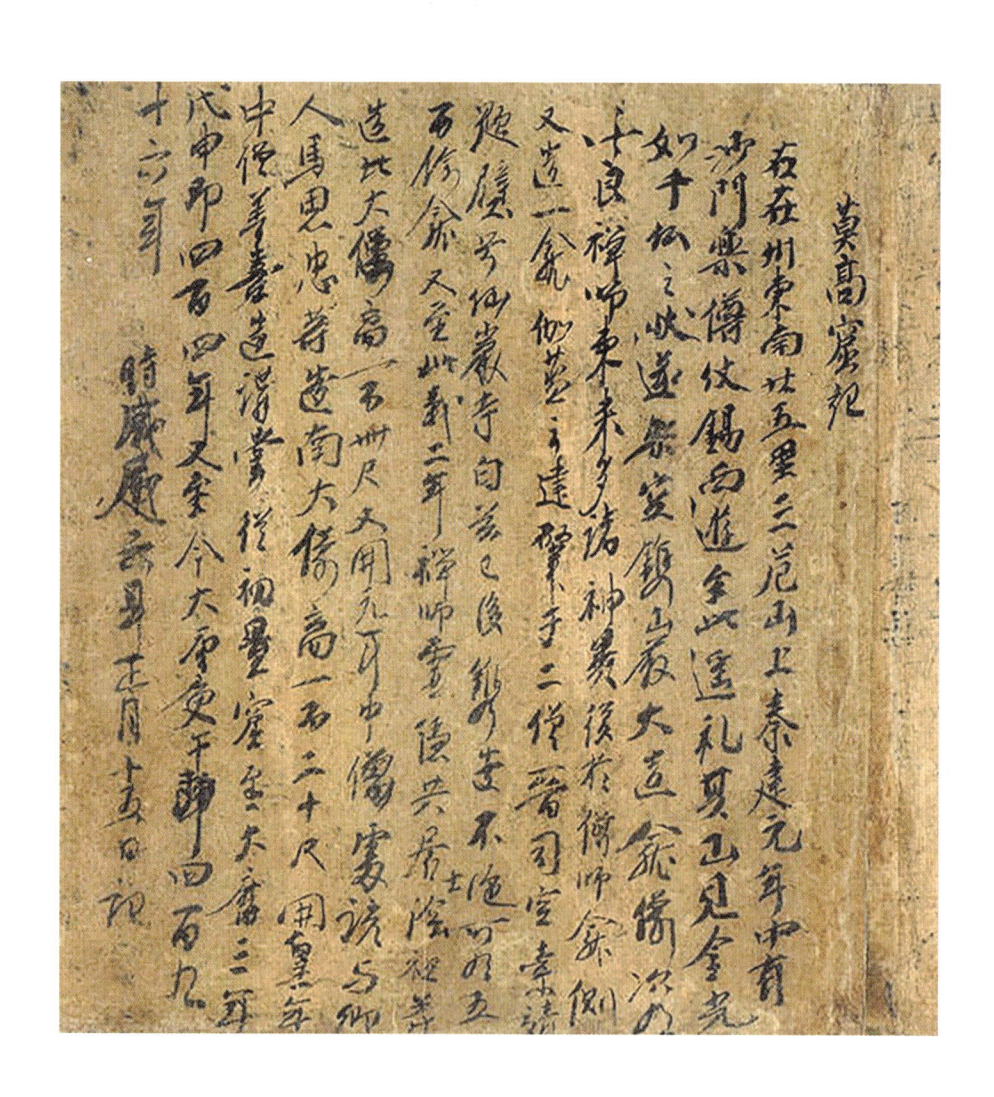

《莫高窟记》

敦煌遗书《莫高窟记》记载：前秦建元之世，乐僔禅师持锡杖西游来到莫高窟，在此开窟；后来又有法良禅师新开一窟。莫高窟的开窟肇始于两位禅师。

既然如此,我们透过李克让那通《重修莫高窟佛龛碑》上的文字,应该能够想象到这样一种情景:

前秦苻坚建元二年(366年),有一位法号乐僔的和尚,不仅戒行清虚、德性高超,而且执心恬静、一意向佛,是一位对佛学颇有修养和造诣的得道高僧。一天,乐僔和尚身披玄色袈裟、手持锡头禅杖,不远万里从东方云游到敦煌境内,当他在鸣沙山下宕泉河边用手掬水以解渴后站起身时,忽然发现不远处的三危山上竟出现了一番极为奇异的景象:只见一道灿烂温暖的霞光从鸣沙山背后喷射而出,直接照射到对面的三危山顶上,而就在这一瞬间,三危山顶顿时金光万道,仿佛有千万尊金佛在光芒中显现出来。面对如此神奇曼妙的奇特景象,乐僔和尚简直有些心神眩惑起来,他慌忙用手揉了揉双眼,再次定睛细致观看,没想到那奇妙景象竟然更加清晰起来:眼前三危山那3座主峰已经化作3尊金光闪烁的巨型立佛,他们眉目毕现、神采动人,中间那尊方面大耳、伟岸慈祥的是至高无上的佛祖释迦牟尼,左右两边站立的分别是年轻俊美、纯朴天真的阿难陀和满面皱纹、深谙世故的摩诃迦叶。在这3尊主佛背后,同样是佛光普照、诸佛簇拥,他们当中不仅有手持净瓶、温柔典雅的观世音菩萨,也有端坐青狮、智慧超群的文殊和骑着白象、专司理德的普贤两位菩萨,还有广结善缘的弥勒佛,至于那些或袒胸露背或斜披袈裟,或盘膝端居或垂足而坐,或颔首微笑或双手合十,或依傍岩石而立,或猛兽蹲伏身旁等诸多各司其职的菩萨们,头部都有团团金光在辉耀闪烁。面对这一神奇景象,乐僔和尚不由激动起来,心想这不正是自己万里跋涉梦寐以求的法缘圣境吗?于是,乐僔和尚坚信这是佛祖对自己的一种召唤,遂决定在此开窟参禅修身,使这里真正成为自己礼佛的佛家圣境。

从此,鸣沙山断崖上便传来了乐僔和尚开凿第一个窟龛的伟大初响,这就是1987年被列入《世界遗产名录》的敦煌莫高窟开凿之始。

其实,乐僔和尚所见那种奇异现象,只是他虔诚向佛信念所虚化出的一种

《河西节度使张议潮统军出行图》(局部)

此壁画位于莫高窟第156窟,开窟的时间应在咸通五年(864年)前后。前室北壁有墨书咸通六年纪年的《莫高窟记》,与第332窟《重修莫高窟佛龛碑》所载的建窟沿革基本相同。

幻觉,如果用今天的科学观点来解析的话,则是由于三危山属于老年期山脉,山上岩石中含有一种暗红色的金属矿物质,所以在阳光照射下才会发出闪闪金光的缘故,这种现象即便在今天也不难发现。所以,继乐僔和尚开凿出第一个窟龛多年后,又有一位法名法良的和尚在此开凿了第二个窟龛,从此,开凿窟龛在这里逐渐繁多兴盛起来。不过,乐僔和法良两位和尚开凿窟龛的目的主要是用于个人打坐参禅修行,所以他们开凿的窟龛不仅空间狭小得仅容一人之身,而且也没有后来开凿窟龛时那种满窟壁画、雕梁画栋之奢华,后者主要是因为那些达官贵人乃至平民百姓捐资开凿窟龛的功用,是为了礼佛供养、祈福禳祸的缘故。遗憾的是,我们不清楚那些达官贵人或平民百姓是否如愿以偿,就连乐僔和法良两位和尚所开凿的那两个祖庭窟龛也已无迹可循。至于十六国时期那些达官贵人或平民百姓开凿的窟龛，如今虽然也只剩下区区7个，但是它们依然是在鸣沙山上开凿窟龛的伟大初响，是敦煌莫高窟这处极为辉煌灿烂的佛教文化艺术载体的祖庭。那么，敦煌莫高窟的确切位置是在鸣沙山还是三危山，"莫高窟"一名到底是何含义呢？

确实，前文中提及乐僔和尚所见的佛境奇异景象是出现在鸣沙山对面的三危山上，而他所开凿的窟龛则位于鸣沙山东麓的断崖处，这就使如今一些有关敦煌莫高窟的著述文章中，出现了莫高窟位于三危山上的字样。其实，三危山一名有广义和狭义之分，广义是指横跨安西和敦煌两县中部全长达200多千米的整个山脉，然而由于整个山脉被几道山沟切成了若干段，所以每段山体又各有名称。其

莫高窟远景

莫高窟分南北两区：南区492个洞窟是莫高窟礼佛活动的场所，北区243个洞窟主要是僧人和工匠的居住地，内有修行和生活设施土炕坑、烟道、壁龛、灯台等，但多无彩塑和壁画。

中，自宕泉河以东至东水沟长达42千米一段为狭义上的三危山，自宕泉河以西至今党河水库长约40千米一段则为鸣沙山，也就是说鸣沙山与三危山虽然同属于一条山脉，但是却是隔着宕泉河东西相望的两座山体，而莫高窟就位于距离三危山主峰5千米处的鸣沙山东麓断崖上。

至于莫高窟一名的由来，最早见于隋朝营造的第423窟内一则墨书题记——《莫高窟记》，虽然这则题记的具体内容由于年代久远已经难以辨认，但是标题"莫高窟记"4字却十分清晰。据此，前辈敦煌学学者经过研究后认为，莫高窟一词含义大约有这样3种解释：一是从字面意义上来说，因为"莫"与"漠"在古文中是通假字，而地势高出敦煌绿洲约150米的莫高窟又名莫高山，所以可以将莫高窟解释为沙漠高处的佛窟；另外一种是从佛教概念上来理解，因为佛典中通常用"莫高"二字来形容佛教事业及谙熟佛教理论的高僧大德，所以莫高窟便是指至高无上的佛教活动场所；还有一种解释是根据敦煌当地人将"妙"与"莫"读音相同的缘故，如他们常将"妙高"读写成"莫高"，而妙高是梵文"苏迷卢"的意译，本来是指古印度神话传说中人们所居住的处于世界中心的须弥山，佛教兴起后教徒们沿用此说，便将须弥山当作佛祖居住的地方，至于中国的佛教徒们则把敦煌莫高山当作须弥山了。

既然敦煌莫高窟如此神圣而又充满神秘色彩，自乐僔与法良两位和尚最初在此开凿窟龛之后，附近的达官贵人和显宦豪绅便纷纷效仿，接着一些潜心向佛的平民百姓乃至沦落风尘的贱籍之人，也都慕名来此开窟供养神佛以祈福禳祸，随后不远千万里来此开窟造像礼佛供养的人们竟然相延千年而不绝，从而形成了莫高窟这处规模庞大、内涵丰富的佛教石窟群。众所周知，显赫而辉煌的敦煌莫高窟艺术，是以建筑、雕塑和壁画这3根支柱所构建，所以在解说各个朝代所开凿的窟龛时，均不能偏离或忽视这3根支柱。确实，作为集石窟建筑、彩色雕塑和精美壁画三者于一体的世界最著名的历史文化遗存，敦煌莫高窟的建筑形制多姿多彩，建筑构思精深巧妙；洞窟的彩色雕塑风格各异，雕塑

弥勒经变（局部）

此壁画位于莫高窟第423窟西壁，隋代绘制。龛下有墨书《莫高窟记》。

形象生动逼真；洞壁上的精美壁画内涵丰富，壁画形式美轮美奂。仅此，也就难怪人们将敦煌莫高窟这座世界上现存规模最宏大、保存最完好的佛教石窟群，称为一座由建筑、雕塑和壁画所组成的博大精深的综合性的艺术博物馆，并把它赞誉为最为璀璨耀眼的"东方艺术明珠"了。如此，下面就从建筑、雕塑和壁画这3个方面，开始对敦煌莫高窟的千年风韵加以欣赏和解析吧。

◎ 建筑——凝固音乐中的中国元素

将建筑比喻为凝固的音乐，这实在是一个巧思深含而又寓意曼妙的绝佳形容。至于敦煌莫高窟的洞窟建筑，由于其最初功能是源于佛教中的打坐参

禅，所以无论从整体构造还是细节雕饰上，无不体现出西方宗教建筑的风格和特色。然而，当东汉末年佛教传入中国后，佛家用于打坐参禅的洞窟建筑，也就不能不接受具有强劲生命力和感染同化能力的中国传统文化，特别是建筑文化元素的加入与融合，这从莫高窟各个时期开凿的窟龛中不难得到明证。当然，中国传统建筑元素与源于西方宗教建筑的洞窟建筑相融合，还有一个比较漫长的渐进过程。因此，下面就以敦煌莫高窟洞窟建筑为例，按照其开凿时间的先后顺序进行一番解析，以便人们对中国传统建筑元素与西方宗教洞窟建筑逐渐融合的过程，有一个比较清晰而明了的理解和认识。

对于敦煌莫高窟现存的洞窟建筑，稍加综合分析，便可以将其总结归纳为3种基本形制：一是禅窟；二是中心塔柱窟；三是覆斗帐窟。不过，在某一时期内，这3种洞窟建筑形制虽然有共生并存之现象，但是其间逐渐演变的轨迹和过程依然不难看得出来。因此，在解析中国传统建筑元素与西方宗教建筑风格逐渐融合，乃至中国式建筑在莫高窟洞窟建筑中出现的这一现象时，实在不能忽视开凿于十六国时期具有奠基性质和意义的洞窟建筑形制，否则势必将莫高窟洞窟建筑中的魏晋隋唐直至五代宋元等不同时期的洞窟建筑艺术置于根基浅薄的尴尬境地。

确实，自前秦建元二年（366年）乐僔和尚在敦煌莫高窟开凿出第一个窟龛开始，至太延五年（439年）北魏灭北凉之后三年（442年）再占敦煌长达76年的时间里，或者说东晋年间敦煌先后经历前凉张氏、前秦苻氏、后凉吕氏、西凉张氏和北凉沮渠氏这5个边疆政权统治期间，在敦煌莫高窟开凿的窟龛中虽然现存只有第267、268、269、270、271、272和第275这区区7个洞窟，但是它们不能不说是鸣沙山上开凿窟龛初响至北朝年间莫高窟形成一定规模的一个极为重要的过渡阶段。至于这个时期莫高窟的洞窟建筑形制，我们试举开凿于西凉时期的第268窟与开凿于北凉时期的第272、275窟这3个窟龛为例加以解析。

位于鸣沙山东麓长1600余米断崖南段中心崖面的第268窟，其实是第267至271共5个窟龛中的主窟，也就是说这里名为五窟实则为一窟，即第267、269和第270、271是分别开凿于第268窟南北两侧的禅窟。遗憾的是，第267和第271两窟在王道士当年"修缮"时被毁去了大半，但在狭长如同过道一样的第268窟中，仅从所剩包括主室在内的3个比较完整的窟龛上，还是不难获知其基本建筑形制的。比如，4个禅窟均为平顶，而主室第268窟顶部则采用一排泥塑叠涩平棋而成，这与沂南汉墓石刻平棋的构造形制基本相同，如此就使人们不难看出中国传统建筑形制对莫高窟洞窟建筑之影响。不过，就第268窟整体建筑形制而言，它应该还是属于西方佛教建筑中的禅窟式。

而作为莫高窟中现存第一个叠涩藻井式的第272窟，则又属于圆券形向覆

莫高窟第268窟内景

第268窟是莫高窟最早的"北凉三窟"之一，窟内绘塑带有犍陀罗艺术的印迹。洞窟形式属毗诃罗窟，又称禅窟，是主要用于坐禅修行的洞窟。

斗帐形的一种过渡。至于第275窟，单从建筑形制上来说，它与第268窟和第272窟又有一个虽不明显但却不能忽视的变化。比如，第275窟窟顶没有采用第268窟那种禅窟平顶式，也不是第272窟那种过渡形式，而是纵向人字披形顶，顶上浮塑有脊枋和椽子，这与中国传统木构建筑房屋的形式较为相似。不过，在第275窟南北两壁所开凿之窟龛，则又属于西式圆券龛与中式阙形龛相间共存的一种形式，这很显然也体现了中土传统建筑元素与印度、西域建筑风格的有机结合。

与十六国时期开凿窟龛主要体现出西方宗教建筑形制相比较而言，北朝年间开凿的洞窟则融合渗入了更多的中国建筑元素。那么，北朝年间开凿莫高窟有何历史背景，当时人们是如何开凿的，它们到底又有何特色呢？

自442年北魏统一北方占领敦煌时起，至589年隋灭陈统一全国为止，敦煌先后经历了西魏和北周等朝代，共历时约一个半世纪之久。在这长150多年的时间里，从经济上来看，敦煌地区虽经各少数民族相继统治，但早已根深蒂固的中原封建经济模式，并没有遭受到多么严重的损坏，只是维持农业生产和商业贸易的现状，且北周时期敦煌地区的中西商业贸易交往还有了进一步发展；从政治上来看，前期（即北魏）的社会有所动荡，河西一带农民起义接二连三，敦煌地区也深受影响，而西魏和北周之际先后出任敦煌郡守和敦煌太守的敦煌当地人令狐休，在维护社会安定和组织发展经济等方面都做出了卓有成效的贡献，使敦煌地区日益稳定繁荣起来。正因如此，佛教也在敦煌一带更为风靡，这就使莫高窟开凿活动更加盛行。那么，北朝时期人们是如何开凿窟龛的呢？

据敦煌学学者考察研究后表明，北朝时期莫高窟所开凿的窟龛，主要是以十六国时期那3个洞窟为中心向南北两边扩展延伸，南面接第268窟向南至第246窟（其中第256窟为后代扩建），北面接第275窟向北分上下两层，上层从第454窟周围开始至第428窟，下层从第285窟开始至第305窟（该层为现存崖

莫高窟第272窟

该窟主室长方形，覆斗顶，西壁中央开龛，龛内塑倚坐佛像一身，内外画供养菩萨，姿态各异，扭腰屈腿颇具印度风格。主室南北壁画有千佛和说法图。

面上的一个夹层，北至第321窟，南至第65窟）。如果按照开凿时间先后来分的话，大约可以分为4个时期：第268窟以南的第265至第251窟为第一期，北边上层第442至第431窟为第二期，北边下层第285、288诸窟和南边第249至第246窟一段以及底层的第487、488窟为第三期，北边上层的第428窟和下层第290至第305窟一段为第四期。

如果按照时代来划分的话，第一、二期为北魏时期，第三期为西魏时期，第四期为北周时期，其中第二、三期为东阳王元荣统治敦煌时期所开凿。由此，我们可以对这些洞窟的开凿先后顺序做出这样的排列：上述各个区域、各个时期的洞窟，以十六国时期开凿的洞窟崖面为中心，南边的越往南时间越

晚，北边的越往北时间越晚。这主要是因为自北凉以来，开凿洞窟一般为集体行为，往往采取分工协作、流水作业的方式，所以同一时期在同一区域内开凿洞窟时，均由固定人员按照顺序开凿而不能逾越。

不过，北朝时期开凿的洞窟已经不再是十六国时期所流行的那种平顶禅窟，取而代之的是来源于印度支提窟形式的中心塔柱窟，因此这种窟龛又有中心柱窟或塔庙窟之称。这种窟龛的基本结构是：平面呈长方形，前部是仿中国传统建筑那种中间起脊、两面斜坡的人字披顶，并凿出椽柱斗拱加彩绘，就连檩条之间也绘制有美丽的图案。至于洞窟后部中央，则开凿出连通窟顶与地面的中心塔

莫高窟第428窟内景

该窟为莫高窟最大的中心塔柱窟，建于北周时期。洞窟主室平面呈方形，设中心塔柱，塔柱四面各开一龛，壁画内容非常丰富。

柱，柱身四面开凿有双层或多层的小型窟龛并塑造佛像，这就与正面单层大龛形成了一种相互呼应的效果。这种结构可使中心塔柱与前后壁及侧壁之间很自然地形成一条环形通道，从而更利于信徒在前庭跪拜礼佛之后，再到后庭进行巡回观瞻佛像。当然，这依然属于沿用印度礼佛仪式的一种建筑结构，但是其中也加入了中国本土建筑元素和民众参禅的传统或习惯。对此，我们通过开凿于西魏年间第285和第249两窟的比较，可以明显看出。

前堂后殿式的第285窟，同样属于一个比较标准的禅窟，主室为方形覆斗帐式顶，正面开凿有3个佛龛，中央开凿有一个大型窟龛，每个窟龛内都塑有佛像，两侧所开凿的小型佛龛内也各塑有一尊

莫高窟第285窟内景

该窟是西魏乃至北朝时期最为经典的大型窟，为覆斗顶形。画面中左边是西壁龛，右边是北壁。窟顶中心是华盖式藻井，窟顶四坡绘中国传统神话诸神与佛教护法神形象。

禅僧像，主室两侧又各开凿有4个分别仅容一人的小禅窟，这就使第285窟成为一处既是可供朝拜的佛殿，又是可供集体活动的佛堂，还是一处可供僧人打坐修行的禅室。这种综合性、一体化的佛教洞窟建筑，在莫高窟各种建筑形制中所占比例最大，数量也最多，属于敦煌莫高窟洞窟建筑形制中一种最基本的建筑形式。当然，就第285窟洞窟建筑的细部而言，其中还有印度和西域建筑形制的一些遗存，比如西壁那一大两小佛龛就显示出了中国式洞窟建筑中的印度佛教主题思想。确实，作为莫高窟中西魏及早期的代表性洞窟，第285窟以其开拓性的建筑形式，从中西结合形制和综合性佛教活动场所两个角度，有效地展示了佛教艺术多元化的一个侧面。

至于第249窟，虽然多多少少带有开凿于北凉时期第275窟的一些痕迹，但是它已经属于中国传统的覆斗帐形顶了。另外，在此之前无论是北凉、北魏还是西魏时期所开凿的洞窟，都没有设置前室，这就表明第249窟从大的结构上来说，从里到外已经是全中国化的佛教洞窟了。具体标志有两个方面。其一，主室为覆斗帐形。帐，是中国传统建筑艺术在佛教石窟建筑中的一种巧妙运用。据《西京杂记》中记载：汉武帝"以琉璃珠玉……天下珍宝为甲帐，其次为乙帐，甲以居神，乙以自居"。由此可见，帐是一种只用于神佛或帝王的珍贵设施，而覆斗帐形窟顶就是由中心藻井和四面坡所组成，至于藻井则恰似帝王所用之华盖。其二，前室的出现。在莫高窟洞窟建筑历史上，前室被称作"窟厂"，而"厂"在中国古代汉语里是指一种建筑形式。据《说文解字》中记载："厂者，露舍也，或曰无壁屋。"很显然，佛窟的"无壁"部分即无前壁的前室，而莫高窟洞窟中的这种前室形式，就来自中国汉朝崖墓的建筑形式。

北朝年间开凿的这种分有前后两室的洞窟建筑形制，隋唐以降的各个朝代都基本上予以沿袭，如果一定要找出与众不同之处的话，那就是隋唐年间由于经济实力雄厚的缘故，在前室之外添加了木结构的窟檐，这些窟檐"上下云

莫高窟第249窟西壁龛之一与窟顶藻井

　　该窟建于北魏晚期到西魏初期。为殿堂窟，窟顶为覆斗形。单室，平面方形。西壁开一圆券形大龛，彩塑现存一佛二菩萨。四壁壁画分段布局，上段绕窟一周画天宫伎乐。

蠹，构以飞阁，南北霞连"，从而使这些洞窟建筑显得更加雄伟壮丽，以致在茫茫戈壁沙漠中犹如奇妙的神迹圣殿一般。比如，开凿于初唐年间的第96窟，被当地人称为九层楼，它如今已经成为敦煌莫高窟一个象征性的建筑标志。确实，在敦煌莫高窟全盛之日，千余洞窟重重叠叠，密如蜂房，在高约17米的砂砾岩壁上少则一层，多则四五层，其间还有檐廊和木质栈道相连通。试想，在这由无数小石粒凝结而成的质地松软岩壁上开凿出千余洞窟佛龛，实在不是一件容易的事情，而无数无名工匠却用他们那粗糙的双手创造了一个又一个洞中殿堂，显现出了极其高超的智慧和精妙的凿构技巧。

◎ 雕塑——佛界天国里的人间气象

毫无疑问，敦煌莫高窟洞窟的主人不是洞窟建筑本身，也不是45000余平方米的精美壁画，而是那2400余身鲜活生动的彩色塑像，至于492座各有千秋的洞窟建筑，则是这些塑像遮风避雨的居住地，而美轮美奂的壁画也不过是塑像的一种陪衬或者说是一种烘托罢了。那么，原本用于佛家子弟打坐参禅的窟龛，人们为何要在其中塑造雕像且越塑越多呢？

众所周知，宗教信仰自古以来都需要有一个信仰的对象，而膜拜对象则又必须要有一个具体的形体，所以佛教徒们为了表达他们对神佛的虔诚崇拜，很早就产生了为神佛塑像的传统。而在为神佛塑像的同时，还出现了一种极为奇妙的现象，那就是人们的现实地位越渺小，他们所塑造的佛像身躯便越高大，似乎只有这样才能真正表达他们对神佛的无比虔诚。当然，在敦煌莫高窟那2400余身塑像中，不仅有由于各个朝代人们审美观念不同而塑造出诸多各具风采的佛像，也有自隋唐以降塑造出的各色供养人的塑像，这就使原本属于佛家世界的佛龛洞窟中出现了世俗凡人的生活景象。而这一现象的出现，却在无形中大大促进了中国雕塑艺术的发展，从而使莫高窟雕塑艺术达到了一个难以

北大像

　　莫高窟第96窟即九层楼里的弥勒大佛，高35.5米，是敦煌石窟中最大的塑像，在唐代时已称为"北大像"

逾越的高度。

　　其实，如果从莫高窟最初开凿的功用上来说，原本只为佛教徒打坐参禅而没有塑像，比如开凿于西凉时期的第268窟主室两侧那4个仅1米见方的小窟龛，就是专门用于和尚坐禅修行而没有塑像的，即便后来其中出现了一尊弥勒佛像，也没有颠覆或改变该窟最初功用之主旨。当然，第268窟这种在主室仅塑一尊弥勒佛像的做法，与十六国时期莫高窟内通常只塑单身佛像的惯例还是比较吻合的。另外，这个时期的塑像已经多多少少有了一丝人间气息，比如开凿于北凉时期的第275窟。确实，在这个建筑术语中称为长方形盝顶形的第275窟内，迎面塑有一尊高约3.4米的交脚弥勒佛像，该弥勒佛像头戴宝冠，项饰缨络，上身半裸，腰束肠裙，面部丰满，神情庄严，特别是体态健硕、鼻

莫高窟第275窟内交脚弥勒

　　该窟建于北凉时期，建筑形制为长方形殿堂窟。西壁正中为交脚弥勒坐于双狮座上，左右两壁的上半部分别开凿两个阙形龛及一个双树龛。阙形龛内塑手印各异的交脚菩萨，双树龛内则塑思惟菩萨。

梁高隆和眼珠突出的形象，很显然符合西域少数民族的体貌特征，当然这也是深受西方犍陀罗雕塑风格所影响而形成的。在该窟南北两壁上部那阙形窟龛中，也都塑有形象各异的小型交脚弥勒佛像，它们与中央那尊高大主佛像形成了一种相互呼应的态势，虽然靠近外侧一个圆拱形窟龛中还塑有一尊思惟菩萨像，但是这并不妨碍人们将该窟称为弥勒窟的习惯。

　　到了北朝时期，莫高窟中的主像一般是佛祖释迦牟尼或弥勒佛，且主像两侧还多了两尊胁侍菩萨像，或者是一佛、二弟子、二菩萨的形制。这些塑像虽然深受西方及印度佛教文化的影响，但是深切体现人间情怀的世俗风情，还是能够比较明显地窥见出来，因为塑像毕竟是当时世人形体、神情、面相和风度的一种理想性凝聚，而不同阶层因为各自所承受的苦难不同，所以他们对神佛的恳求和憧憬也就不一样。当然，北朝时期能够在莫高窟开窟造像的，多是豪门贵族或门阀世家，由此可知莫高窟中诸多塑像几乎完全是门阀士族们审美理想的一种体现。比如，这一时期塑像中某种病态的瘦削身躯、不可言说的深意微笑、洞悉哲理的智慧神情、摆脱世俗的潇洒风度等，正是魏晋南北朝以来这一阶层所追求和向往的最高的精神审美标准。所以，当佛教在这个时期成为占据统治地位的意识形态之后，这些统治阶级便借用雕塑这种方式，把他们的这种理想人格和审美情趣表现了出来。当然，信仰与思辨的结合是南北朝时期佛教的一个特征，可思辨的信仰与可信仰的思辨已经成为南北朝门阀贵族士大夫们安息心灵、解脱苦恼的最佳选择。至于表现在敦煌莫高窟中那些佛像雕塑上，就各个时代的主要特征而言，北魏时期的塑像很明显地受到了印度文化影响，所以这些塑像的人物面相和衣饰技法都带有显著的西域特征；而西魏年间的塑像，则以"秀骨清像"这一造型特征为标准，特别注重刻画出人物的神韵和气度。所以，这一时期的塑像在呈现原有西域特征的同时，也深深浸染了浓郁的魏晋文化气息，当然也不乏在技法上富有独创性的雕塑出现。

与长期分裂和连绵战祸的南北朝相应对，隋朝则出现了南北统一和较长时间的和平稳定，所以在莫高窟雕塑艺术领域内，塑像的面容和体态从这一时期开始便出现了明显的豪华和丰满。确实，莫高窟塑像在隋朝时进一步突破外来艺术规范之束缚，开始创造出具有自己民族特色的佛和菩萨像，比如塑像人物面相饱满、肌体丰腴、曲线柔和等。而在雕塑技法上，隋朝匠师们则采取一种独特的"仰视法"，即在人体比例上出现了头大身短之雕塑法；至于雕塑身上的彩绘装饰作用，也得到前所未有的重视；在雕塑风格上，隋朝匠师们开始追求一种雍容厚重的感觉。所以，如果说隋朝是敦煌莫高窟雕塑艺术发展史上一

莫高窟第435窟内景

该窟为北魏代表窟之一，中心塔柱式。中心柱东向为一大龛，龛内塑倚坐弥勒说法像，龛外南北各塑金刚力士一身，化生龛楣上方有浮塑。

个重要的转折期，应该不会使人们产生出某种异议。

隋朝之后，莫高窟雕塑艺术经过初唐阶段的进一步发展，到了盛唐时期可以说是已经发展成熟了，并且达到了一个难以企及的高度，从而也形成了与北朝迥然不同的另一种美的典型。是的，唐朝是敦煌莫高窟艺术的黄金时期，无论是开凿石窟还是雕塑造像，都达到了空前繁盛的程度和规模。因此，我们在欣赏唐朝莫高窟雕塑时，不仅可以感受到北朝时期那种秀骨清像和婉雅俊逸风格已经明显地弱化消退，也能够看得出隋朝那种方面大耳、短颈粗体、朴达拙重的雕塑风格成为一种过渡，当然最强烈的印象还是唐朝塑像所体现出的那种以健康丰满为美的形态。与此同时，我们还能够很明显地感受到唐朝莫高窟雕塑，已经与北朝时期那种超凡绝尘、充满不可言说的智慧及神性有所不同，取而代之的是充满人情味和亲切感的雕塑之出现。所以说，唐朝莫高窟神佛塑像已经变得更加慈祥和蔼和关怀现实世界了，它们似乎更愿意接近凡尘世间来帮助和解脱人们的苦难，而不再是超然自得与高不可攀的思辨神灵。至于人们对于约占莫高窟所有彩色雕塑1/2还要多的唐朝雕塑之总体印象，除了气魄宏伟、敷彩绚丽、华贵端庄、亲切自然、栩栩如生等特点之外，那种富有世俗享乐气息的写实风格，则更让人们感到亲切和自然。比如，唐朝匠师们以其非凡的雕塑技艺，不仅使雕塑的人体比例变得协调而匀称、整体线条显得流畅而柔和，而且对人物的心理和性格也刻画得恰到好处，真正达到了栩栩如生、令人叹为观止的高妙境界。另外，唐朝开凿洞窟已经不再是草庐或洞穴的残迹，而是改进成了极为舒适的房屋殿堂。而安安稳稳端坐于其中或者踏踏实实站立着的菩萨像也不再是身体向前倾斜的模样，更重要的是它们还不再是概括性极大、含义不可捉摸、分化不甚明显的一佛二菩萨、二佛二菩萨或三佛二菩萨的比例格局，而是分工更为确定、各有不同职能，地位也非常明确的一铺佛像或一组菩萨，它们以比以往更为确定的形态，展示出了与各种统治功能和职责相适应的神情面相及体貌姿势。比如，佛祖的严肃祥和、阿难的朴实温顺、伽叶的沉重认真、菩萨的文静矜持、天王的威武强壮、力士的勇猛暴烈等，它们或展示力量，或表现仁慈，或显映天真作为虔诚的范本，或露出饱经沧桑作为可以信赖的引导。总之，他们的形象已经更加具体化和世俗化了，而不只是前朝那种含义甚多而又捉摸不定的神秘微笑。至于在艺术表现方面，唐朝佛像雕塑中那种温柔敦厚和关心世事的神情笑貌，以及讲求君君臣臣各有职守的统治秩序，都充分表现出了宗教文化与儒家思想的同化合流。于是，在唐朝雕塑中既有凶猛吓人的天王和力士，也有异常和蔼可亲的菩萨和观音，当然最后端居中央、雍容大度、无为而无不为的，依然是佛祖释迦牟尼本尊像。而这些代表过去、现在和未来的诸多佛像，在唐朝时已经以巨大无边的形象，替代了北魏时期那种千篇一律的无数的千佛小像，它们是由少数几个形象进行有机组合成的

莫高窟第220窟内景

第220窟是盛唐时期石窟艺术的代表。主室西壁开龛，内塑一佛、二弟子、二菩萨（清重修），龛沿下画初唐供养人像，龛外两侧画文殊、普贤经变各一铺，南壁画"无量寿经变"，北壁画"药师经变"。

一个整体，这不能不说是思想（包括佛教宗派）和艺术的进一步变化与发展。行文至此，如果要对莫高窟内唐朝雕塑进行比较总结的话，应该说它们既不同于只高出人间的魏晋雕塑，也与宋朝那种偏偏不离人间的雕塑有所区别，它们应该是一种不离人间而又高出人间、高出人间而又接近人间的典型特征。因此，将敦煌莫高窟中唐朝时期所开凿的洞窟佛堂，比喻为一个具体而微的天上的李唐王朝或封建社会里的中华佛国，应该是一个让人信服的比喻。

时间推进到两宋年间时，敦煌莫高窟中的诸多神佛雕塑，已经完全蜕变成了人间的世俗化形象，它们不是思辨的神或主导的佛，而是世俗的凡人形象，它们比唐朝雕塑更为写实、逼真和具体，当然也更加让人们感觉到可亲可近。比如，两宋时期莫高窟中的观音、文殊和普贤等菩萨塑像，不仅面容柔嫩、眼角微斜，而且透露出一种秀丽妩媚、文弱动人的感觉，怎么看也是一个个貌相俊俏的真实的人间妇女形象。

由此可见，如果把历时千年之久的敦煌莫高窟雕塑艺术进行笼统对待的话，很显然不是一个合理而科学的研究或欣赏态度，也不符合艺术思潮与审美理念的发展规律。因此，以上将莫高窟雕塑艺术大致分为魏晋、隋唐和两宋这3个阶段来解析，或者更加具体而准确地将这3个阶段概括为：魏晋时期以理想化取胜，两宋年间以现实化获优，隋唐两朝则属于二者有机而完美的结合。当然，就艺术标准而言，这3个阶段并不存在优劣之分，因为每个阶段都有成功和失败的例子。仅此而已。

◎ 壁画——西方世界里的东方神话

在世人印象中，敦煌莫高窟艺术成就最高也最为世人称道的，当数题材丰富、精美绝伦的壁画了。确实，在多达45000余平方米的莫高窟壁画中，除了开凿于元朝的一个洞窟内为水彩壁画外，其余均属于水粉壁画。而在这些壁画中，有表现佛陀、菩萨、弟子、天王、力士、梵天和罗汉等的单身画像（即尊像），也有叙述佛祖释迦牟尼从入胎、出生到成长、悟道、降魔、成佛等早已被神化了的佛传故事画；有表现佛陀在成佛之前若干世忍辱牺牲和救人救世的本生故事画，也有描绘佛陀度化众生的因缘故事画；有以汉族传统神话为主体包括道家的某些神化了的故事画，也有描绘佛教传播过程中以佛陀、菩萨、高僧等事迹为题材的历史事件和历史人物等的佛教史迹画，还有以佛教经典为内容的佛教经变画等，这些都是莫高窟壁画中所反映的主要内容。

至于莫高窟壁画的表现形式，有表现一佛二菩萨的简单画幅，也有包括

莫高窟第112窟反弹琵琶

该窟建于中唐时期，窟内结构、壁画内容和风格属于从盛唐向吐蕃统治时期的过渡作品。窟内"观无量寿经变"中的反弹琵琶伎乐天是莫高窟同类题材中的佼佼者。

众多人物、走兽飞禽、重阁高楼和亭台水榭等的鸿篇巨制；有开窟主人及其家族眷属的画像，也有供养者出行场面的供养画像，还有石窟藻井、壁画边饰，以及画像和塑像衣饰的装饰纹样等图案画。最值得一提的是，莫高窟壁画中那频频出现在人们视野里的飞天形象，实在是让人流连忘返、叹为观止。其中，绘制于唐朝那些壁画中的飞天，已经成为敦煌莫高窟艺术的一种标志。这些曼妙绝伦、凌空起舞的飞天形象，如姊似妹，顾盼生姿，或手持莲花，或合抱琵琶，或散花，或奏乐，彩练当风，飘飘欲仙，凌虚舞空，潇洒欢快，比其他朝代所绘制的飞天更加富有一种浪漫的色彩。

当然，敦煌莫高窟壁画是诸多朝代接力绘制而成，历时长达千余年之久，所以各种外来绘画样式和风格对其有着不容忽视的深刻影响，但是这并不妨碍中原文化艺术风格在其中随处可见。因此，为了便于叙述和顺畅行文，似乎可以将敦煌莫高窟壁画按照绘画内容和艺术表现形式，归结为这样3个部分：北朝的魏晋风度、隋唐的异彩纷呈和五代至元的稍逊风骚。

北朝：魏晋风度

探讨任何一门艺术的发展规律，都不能跳过或忽视这门艺术具有奠基性质的最初阶段。比如，我们在谈论北朝时期莫高窟壁画是如何体现魏晋风度时，就不能不涉及十六国时期莫高窟壁画的奠基作用，虽然这一时期莫高窟壁画深受西方宗教绘画或西域艺术之影响，但是这并不能否认它依然是北朝时期莫高窟壁画魏晋风度产生和形成的基础。如此，我们不妨试举第275窟壁画为例。

在开凿于北凉时期的第275窟中，匠师们为了烘托那些彩塑弥勒佛像，在洞窟内壁上绘制出了内容丰富的佛教本生故事画，如《毗楞竭梨王身钉千钉本生》《虔阇尼婆梨王剜身燃千灯本生》《尸毗王割肉贸鸽本生》《月光王施头本生》等，虽然这些壁画都是佛家宣扬舍身殉道之故事，无非是想表达一种高尚、纯洁和慈善的佛教精神，但是非常值得人们关注的是，这铺壁画中采用了圆弧和圆圈性粗线条勾勒眼、脸、胸和腹的笔法，而这种笔法我们从新疆拜城克孜尔与高昌吐峪沟等处早期洞窟壁画中不难找到先例，由此可以获知这种通过从人体轮廓线向内颜色逐渐变淡来表现出很强立体感的绘画手法，正是中土画家所不熟悉的"西域式"晕染法。

而正是在这种"西域式"晕染法的基础上，莫高窟壁画发展到北朝时期时，便呈现出了这种外来艺术影响与中土民族绘画风格相结合的一种形式，虽然两者结合所产生的这种形式还显得有些稚拙，但是不可否认它就是莫高窟早期壁画的一大特点。确实，早在佛教绘画艺术传入中国之前，中国的传统绘画已经有了高度发展，并且形成了具有自己民族风格和形式的鲜明特点，比如长沙楚墓帛画、马王堆汉墓帛画，以及望都和集安等地的陵墓壁画等。因此，佛教绘画艺术传入中国绝对不是原样移植，而是按照中华民族自己的欣赏习惯，吸收这种外来艺术形式后再加以改造，使之形成了一种为本民族喜闻乐见的样式。比如，从北朝莫高窟中的一些佛教壁画来看，不仅可以看到源自中国青铜器的抽象

尸毗王本生

该壁画位于莫高窟第275窟北壁，来自佛经故事《尸毗王割肉贸鸽本生》，北凉时期绘制。

造型和古拙劲直的线画，也能够看出汉代画像砖和画像石的构成与造型方法，同时还穿插有中国古代神话中的一些神祇。例如，开凿于西魏时期第249和第285两窟中的多铺壁画，就是这种绘画形式和风格的典型例证。

在莫高窟第249窟壁画中，除了继承有十六国和北魏两个时期的壁画内容和布局，即洞窟四壁上部绘制有天宫伎乐和下部分别绘制千佛及说法图、供养菩萨之外，还在洞窟顶部根据《山海经》和《穆天子传》等中国典籍中的有关记载，绘制了东王公和西王母及其侍从等中国传统神话题材的内容。而这种内容的壁画，我们完全可以从汉朝的画像砖和画像石，以及魏晋墓室的壁画中找到源头。例如，酒泉丁家闸魏晋墓室壁画中就出现了东王公和西王母的形象，只是当这一内容在莫高窟壁画中出现的时候，匠师们又增加了符合那个时代的新内容，比如画面中东王公所乘坐龙车的前面出现了引导仙人，以及周围还出现了羽人和飞仙等形象；而与东王公相对的西王母所乘坐凤车，其周围也绘制有飞仙、开明和文鳐等神兽形象。至于在洞窟顶部东披绘制出托着摩尼宝珠的两个力士，在其下方绘制有中国古代表示南方与北方的神兽——朱雀和玄武之形象，以及在东、南、北三披分别绘制出天皇、地皇和人皇的形象，而西披则绘制出阿修罗王等形象，就非常完美地将中国传统神话内容与西方佛教精神巧妙地结合在了一起。

在莫高窟第285窟的北壁上，一共绘制有8铺说法图，其中除了第一组为两佛并坐之外，其余均为一佛二菩萨的形式。值得人们注意的是，这些菩萨及其装束与北魏时期已有很大的不同，比如早期菩萨画像往往是上身赤裸，体格健壮，仅仅披有璎珞或飘带，而这里的菩萨们个个身材苗条，面庞清瘦，双目炯炯有神，并且都穿着宽袍大袖式的衣服，再加上原有的丰富飘带，就使其显得更加衣饰繁富起来。至于菩萨上部绘制的飞天形象，由于她们身体灵巧，神态活泼，从而使这些说法图充满了鲜活生动的气息。除此之外，我们还可以看到在每铺说法图下面，还都绘制有一组供养人的画像。虽然这些供养人的形象

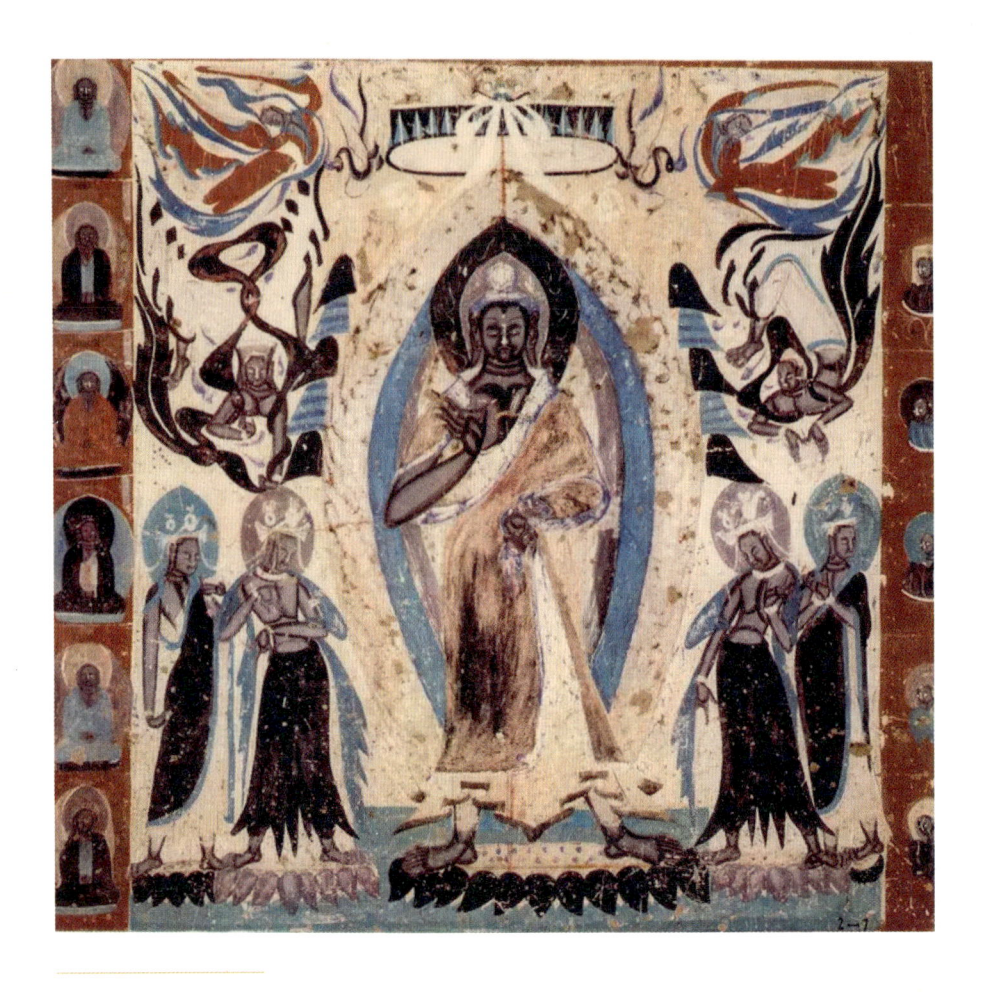

说法图

此壁画位于莫高窟第249窟北壁,西魏绘制。图里的华盖两侧饰物是凤。

一般都是匠师们以比较象征性的手法绘制出来,往往是缺乏个性的千人一面,但是其中也不乏成功之作。比如,西边那位面佛而立的女供养人,头梳双髻,眉清目秀,面染胭脂,身穿袖襦,腰束蔽膝,两侧缀旒与披巾似乎被微风吹拂扬起,有一种飘飘欲仙的感觉。至于她一手执着香炉,一手托着莲花,那分明就是一位虔诚礼佛的贵妇人形象,如果我们将她与顾恺之

《洛神赋图》中的洛神形象相比较的话，一定不难看出两者之间是极为相似的，而这也正好说明了南朝绘画风格对这铺壁画之深刻影响。

如果再从画法上来解析第249和第285两窟壁画是如何体现魏晋风度的话，可以说两者都非常成功地运用了鲜活流动的云朵和纹饰，着力渲染出一种飘飘欲仙的动势感觉，从而造成一种满壁飞动的美妙效果。比如，在第285窟东披就绘制有伏羲和女娲的形象，他们上半身是人形，而下半身则是兽形，这与汉朝绘画中的形象极为一致：那伏羲手持

供养人

此壁画位于第285窟北壁左起第五组说法图下部，女供养人头梳单丸髻、双丸髻，下着各色裥裙，是贵族妇女的常服，衣袖飘逸，秀骨清像

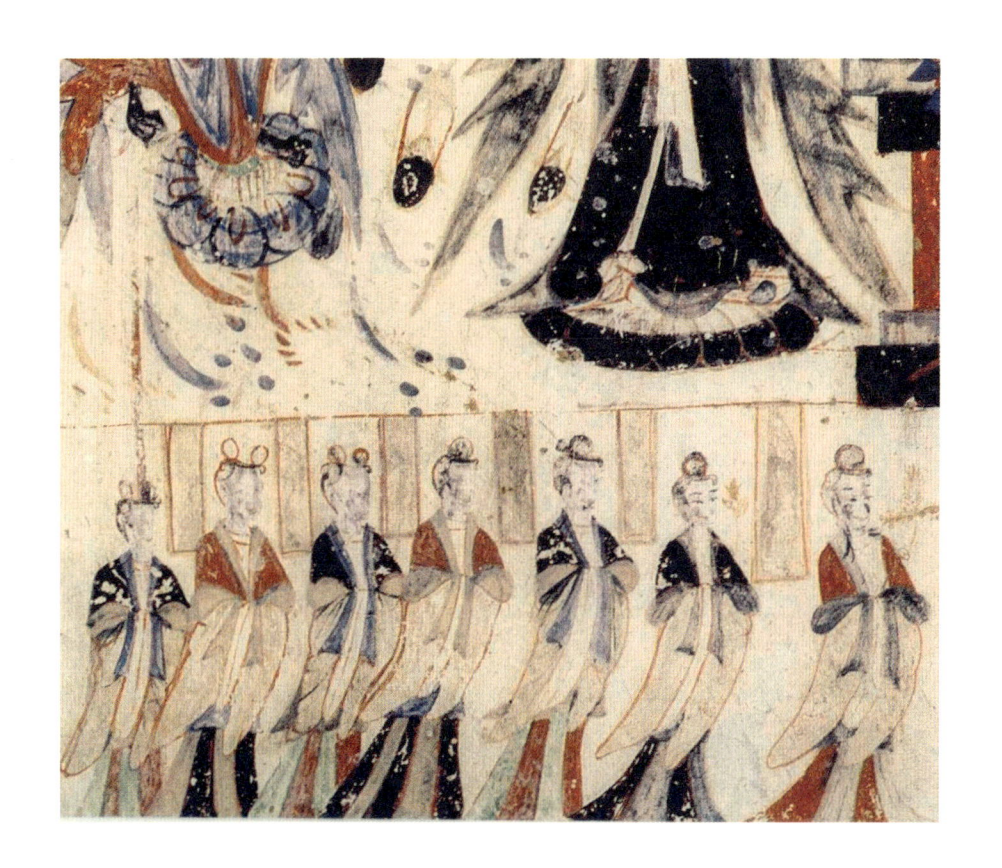

矩，身上有一圆轮，内有象征太阳的金乌；女娲则手持规，身上的圆轮内有一只蟾蜍，很显然是象征着月亮。至于伏羲和女娲周围绘制的风、雨、雷、电四神，以及天皇、地皇和人皇等神像，都足以说明中国的这些神仙已经进入了西方佛教洞窟之中，也就是说佛教绘画已经接受了中国传统绘画的一些内容。再比如，在第285窟南壁上绘制出的五百强盗成佛故事图，因为它是以长卷连环画的形式来表现其内容的，所以匠师们在绘制五百强盗从经常抢劫，到后来被官军收捕、处以极刑的过程，以及随后佛从天而降为他们说法，直至五百强盗最终皈依佛教等情节时，不仅绘制出了各色的人物形象，而且对周围环境也予以关注和重视。例如，画面中既有高大的楼阁殿堂，也有远处山峦和近处树木水池等，甚至连山中那麋鹿和狐狸等禽兽，以及池塘中鸭子和鹭鸶等水禽都绘制得活灵活现、生动逼真。如果抛开故事的主旨内容不说，谁能说这不是一幅情趣盎然的中国传统山水画呢？

确实，第249和第285两窟壁画中那充满生机的山水风景，那身材苗条消瘦、衣饰飘逸、面含睿智微笑的佛和菩萨形象，还有那些身体灵巧，在飞动流云中一边漫不经心弹奏音乐，一边轻松自如飞翔的飞天……无不反映出了北朝时期所出现的一种新的绘画风格，或者说充分体现了潇洒飘逸的魏晋风度。

隋唐：异彩纷呈

隋唐时期，文艺兴盛，特别是绘画艺术更是名家辈出，比如吴道子、阎立本、李思训和周昉等都创造了各自的画风流派，这些大画家的主要作品也都是画在长安和洛阳一带的寺院之中，例如在《历代名画记》等画史上就详细记载了唐朝长安和洛阳等地寺院壁画的辉煌状况。由于隋唐时期丝绸之路的畅通，使敦煌与京都长安之间来往非常密切，长安一带流行的艺术形式很快就能传到敦煌，而敦煌与长安的艺术家也有条件进行交流，所以莫高窟彩塑和壁画艺术水平较高的，确实可与当时长安寺院内的彩塑和壁画相媲美。因此，人们从莫高窟壁画中不难看到"吴带当风"式的人物画、李思训一派的青绿山水、韩幹风格的骏马、周昉式的丰满人物……总之，唐朝所产生的较有影响的画风流派，基本上都能够在莫高窟壁画中找到，这也正说明了当时敦煌佛教艺术和中原文化艺术的密切联系。

正因如此，唐朝莫高窟壁画可以说是内容丰富、技巧精湛，其内容大体上可以分为五类。一是佛像画。包括佛、弟子、菩萨、天王及天龙八部诸神。二是经变画，即完整地表现一部佛经主要内容的大型壁画。唐朝经变画有20多种，主要有阿弥陀经变、涅槃经变等，内容繁多，构图宏伟，成就也最高。三是佛教史迹画。描绘佛教史上的重要事件，具有一定的历史价值。四是供养人画像。唐朝的供养人像都画得形象高大而写实，刻画细腻，是艺术性较高的肖像画。五是装饰图案画。洞窟中主要的装饰部分是藻井，其次还有佛、菩萨的背光及边饰等。这些装饰画以植物图案为主，如莲花纹、葡萄纹、石榴纹、云头纹、回纹、连珠纹和垂角纹等，也有把动物形象组合进去的，色彩浓艳，丰富华丽，这些装饰图案反映了唐朝丝绸和织锦等图案的形式。

当然，在隋唐年间的莫高窟壁画中，所占洞窟最多且铺面最大的当数各类经变画，而经变画又以反映大乘佛教内容为大宗。因此，从某种程度上来说，莫高窟经变画的出现，其根本原因就是大乘佛教的传入。起源于大月氏贵霜王国（约1世纪）的大乘佛教，是以家本位为中心的教团，它主张先解脱他人而众生得救，并与众生同得解脱。由于大乘佛教又分许多宗，而各宗都积极宣传教义、争取信徒，所以在那个时代除了讲经之外，壁画就成为各宗宣传教义的最好手段。具体到唐朝莫高窟壁画中，属于大乘佛教内容的壁画主要有十经，即《维摩诘经变》《报恩经变》《贤劫经变》《法华经变》《弥勒上生经变》《及下生经变》《观无量寿经变》《金光明经变》《大方广佛华严经变》《大

伎乐图

　　此壁画位于莫高窟第220窟北壁，初唐时期绘制，绘于《药师经变》画面西侧，表现的是东方药师佛净土世界的伎乐天奏乐、歌舞以娱佛的场景。

般涅槃经变》等。其中，净土宗经变作品在莫高窟唐朝壁画中占有最多的分量，虽然这种经变壁画的形式有些程式化，但是并不妨碍其艺术成就的辉煌。比如，我们以西方净土变相为例来进行欣赏和解析。该画面中央是阿弥陀，一边是观音菩萨，另一边是势至菩萨，结跏趺坐在莲花台上；后面是琼楼玉宇、仙台宝树，天上祥云缭绕，飞天舞姿轻盈，鲜花朵朵飘香；围绕主尊的是众菩萨、比丘，多至千百人；再往下两旁是伎乐演奏各种乐器，中间的舞伎则翩翩起舞；最下部是莲花池，朵朵莲花竞相开放，莲花上站着往生人，周围还画着教旨序义，画面气魄宏大，色彩热烈，造型准确，把西方极乐世界描绘得歌舞升平、富丽堂皇。再如，属

《观无量寿经变》

此壁画位于莫高窟第172窟南壁，绘于盛唐时期。与初唐经变画比较，人物的组合，建筑的布局，以及透视关系的处理，都已有长足的进步。

于净土宗的《药师净土变》，中间也是3尊坐像，主像为药师佛，左右是日天和月天，其余构成大致与西方净土变相差不多。又如，属于天台宗的《法华经变》画，主尊是两身坐佛，即释迦和多宝，其余与净土宗变相壁画大同小异。从各宗作品的形式来看，似乎都是油粉本，并为集体画工所创作，这样的经变作品在213个开凿于唐朝的洞窟中几乎都有。其中，最著名的洞窟壁画有初唐的第220窟，盛唐的第172、第148窟，中唐的第112窟，晚唐的第156窟等，而第172窟南壁的《观无量寿经变》堪称是典型的代表作。比如，在这铺壁画的画面中间，端坐着如来和观音、势至三大菩萨，周围还有其他菩萨、比

《维摩诘经变》

此壁画位于莫高窟第220窟，盛唐时期绘制。

丘和往生的人们，后面是富丽堂皇的殿宇和复杂环回的宫苑，空中的飞天在曼妙起舞，还有飞腾着的琵琶、笙和箜篌等乐器，下部是歌舞队，两外缘则画有"十六观"和"未生怨"等，绿色基调使画面显得宁静而儒雅，佛和菩萨的衣着多用中间色调，并用晕染法画出楼台和人物等附属形象，使整个画面显得厚重而又有空间感。至于人物造型准确的菩萨形象，可谓典雅而优美、善良而可亲、丰满而端丽，当为唐朝贵族妇女之化身，整个画面充分表达出了须弥海上那西方阿弥陀的极乐世界，使人们体会到一种清静安乐而富有诗意的理想境界。

在唐朝莫高窟壁画中，还有一种类似于风俗画的形式。例如，初唐第220窟东壁的《维摩诘经变》、第159窟的《吐蕃王子供养图》、第156窟南壁下部的《张议潮出行图》及《宋氏夫人出行图》等，这些作品和唐朝大量经变画在形式上有很大的区别，它们更加着重于人物形象的刻画。比如，第220窟《维摩诘变相》中的维摩诘的形象，已经不再是顾恺之笔下的"清羸示病之容"，而是一位两颊丰肥的老人形象，特别是匠师们采用晕染法进行多次晕染后，恰到好处地表现出了一种层次感和立体感，而多种色彩又使其显得厚重而富丽，那传神的双眸、潇洒的胡须和微张着的嘴巴，都充分刻画出一位能言善辩而又蕴含智慧的老人形象；至于老人身上的衣着，则是采用线描的方式，使之显得有力而富于弹性，且不乏节奏韵律感，这与北魏年间那种简率而劲直的线描相比较，可以说是迥然不同的。还值得人们注意的是，在维摩诘座下竟然画有一群番王和侍从，他们的形象也表现得十分真实而生动；而在文殊菩萨座下则画有中国帝王和侍从的形象，其中帝王形象与大画家阎立本在《历代帝王像》中所描绘的帝王形象极为类似，就连绘画技巧也有某种相通之处。总之，这实在是一件写实技巧极为成功的美术作品。

在唐朝莫高窟壁画中，还有一种塑画结合的样式也颇为新颖别致。例如，第148窟内长达26米的释迦牟尼安详地躺在佛榻上，背后墙壁上画着佛弟子和

莫高窟第148窟内景

　　该窟建于盛唐时期的大历十一年（776年），洞窟形制属于涅槃窟。西壁长佛坛上塑卧佛及佛弟子、天人、各国王子、菩萨等举哀像七十二身，画《涅槃经变》。

众生举哀的情景，有的默悲，有的饮泣，有的哀毁骨立，有的则失声痛哭，各种痛悼形象无不表现得淋漓尽致。更为有趣的是，在佛榻下面还画着婆罗门教徒们截然相反的情绪，有的喜形于色，有的笑逐颜开，完全是一种载歌载舞、幸灾乐祸的表情。这种雕塑和壁画表现同一内容，而情绪又强烈对比且相映成趣的表现手法，充分表现出各宗教之间也存在着激烈的冲突和矛盾。

　　最为世人称道的是莫高窟中的飞天形象。唐朝飞天与北朝飞天相比较而言，虽然形式已大不一样，但是两种飞天都有很强的跃动感，飞腾姿态都十分优美生动，只是北朝飞天是"小字脸"，显得比较朴素；而唐朝飞天形象秀婉，并借助人物动势和飘带飞舞，更加强了飞腾的感觉。奇怪的是，唐朝仕女特征都是身体丰满而雍容大度的形象，而唐朝飞天女子却妩媚苗条，这实在应该引起人们的重视。另外，由唐朝飞天形象延展开来，我们还不能忽视唐朝莫高窟壁画中的供养人形象，因为莫高窟早期壁画中的供养人形象都十分矮小，而唐朝特别是晚唐和五代的供养人形象却越来越大，似乎要和主体壁画争夺铺面一样，这是否反映出当时统治阶级无时无刻不在表现自己的情绪？例如，第130窟乐庭环夫妇的供养像就是如此。乐庭环是盛唐时期晋昌郡的太守，只见他身穿圆领蓝袍，手捧香炉，天庭饱满，威风凛凛，在其身后是他的12个儿子，他们的服饰和形象与其父亲比较相似，而乐庭环的妻子王氏画像则丰腴浓丽，是唐朝贵族妇女的一种典型形象，这与大画家张萱和周昉等人所描绘的仕女形象比较相似。再如，莫高窟壁画中最大的第98窟（五代）国王李圣天之供养像。李圣天是五代时期瓜州、沙州节度使曹议金的女婿，壁画中的李圣天身穿龙袍，腰佩宝剑，头戴皇冠，皇冠饰有珍珠宝玉，显得十分华丽，两耳有耳饰，手指戴有华贵指环，脚穿云头履。在李圣天的后面是其妻曹氏，头戴凤冠，发插宝替，饰璎珞，披锦肩。整铺画面画法工细，人物形象高大，由此不难看出他们是在炫耀自己了。

在唐朝莫高窟壁画中，对于山水的描绘有两种形式：一是近似于独立的山水画，例如第172窟南壁《西方净土变》两外缘所画的"十六观"和"未生怨"之上为第一格，就是近似于独立的山水画，其形式为青绿，表现了日出时的灿烂景象，色彩单纯，而空间远近关系则较为明确；另一种形式是在条幅佛传故事画中的背景山水描写，这还不能说是山水画，因为它只处于配景地位，但是形式再也不是"人大于山"，而是做到了人物和山水相结合，并有"咫尺千里"的感觉。这个时期的山水描写也属青绿一派，到了晚唐时期则有单以水墨晕染山石的，且画山石已有简单的皴法，而树木的画法也不再是"列植之状"

或"伸臂布指",比如画松树和柳树等就有30余种笔法之多。由此可见,唐朝莫高窟壁画中的山水画较之前代,确实有了相当大的发展和进步。

通过以上解析,我们可以获知唐朝莫高窟壁画在技巧上已经相当成熟,在构图上则能够把宏大场面统一在同一幅作品之中,并利用纵深透视法把楼台、主尊和伎乐等巧妙地结合起来,使人们感到杂而不乱、井然有序;至于线描手法的运用,那更是笔意畅达,无论是曲直刚柔、粗细软硬都能运用自如,而墨线和彩线更是恰到好处,用色既明净和谐又鲜明悦目,充分表现出一种富丽堂皇的效果。

于阗国王李圣天及夫人曹氏

此壁画位于莫高窟第98窟。由于身份特殊,于阗国王李圣天画像是在莫高窟发现的最大的君王供养人肖像画,高2.82米。

五代至元：稍逊风骚

五代至宋元莫高窟壁画内容仍以经变为主，其形式也是继承了唐朝的传统，大部分经变壁画据唐朝的蓝本复制，所以经变壁画的形式和唐朝也是一样的，但是其艺术质量和气魄都已经不如唐朝那样辉煌了。

五代时期的壁画还有很多仿制《张议潮出行图》式的作品，例如第100窟南壁下部的《曹议金出行图》、西壁下部的描绘曹议金夫人的《回鹘公主李氏出行图》和第65窟的《摩耶夫人出行图》等。至于在形式上有独到之处的作品，可以列举开凿于五代时期第61窟中的那铺《五台山图》，这是一幅人物山水画。其实，这种形式的绘画作品早在晚唐年间就已经开始兴起，特别是在寺院壁画中影响更广，可惜都未能保存下来，因此这幅作品自有其重要的艺术价值。据《华严经》记载，文殊菩萨居住在东北方向的清凉山上，山有五顶；又据《文殊师利菩萨现宝藏陀罗尼经》记载，清凉山在"振那"，也就是中国，这恰巧和五台山相符，所以五台山也成了佛教圣地。对于这幅作品，匠师们花费了很大的精力，主要描写了从山西太原起经五台山到镇州的山川地理和风俗，其中有城垣8所、寺院67处、草庐33座，还有宿店和茶亭等，当然必不可少的还是高僧说法和信徒巡礼，以及人马来往等情景的画面。据有关专家考证说，这铺作品也是中唐时期粉本的翻版。

宋元时期莫高窟壁画中，有相当一部分为佛教密宗作品，特别是元朝盛行的喇嘛教。密宗，即源于古印度佛教中的密教。据《辞海·密宗条》记载："唐开元初（716—720年），善无畏、金刚智、不空3人先后来华翻译传播，形成宗派。以《大日经》和《金刚顶经》为依据，把大乘佛教的烦琐理论运用在简化通俗的诵咒祈祷方面。认为口诵真言（语密）、手结契印（身密）、心作观想（意密）三密同时相应，可以即身成佛。"而当密宗传入中国后，又吸收外道的宗教仪式和神秘法术，并"剽窃"了道教中的七七、九九、北斗、四灵神、

五台山文殊圣迹图

此图位于莫高窟第61窟西壁，五代时期绘制，气势恢宏，依据真实景物地理，将山西名山五台山的全貌和秀美庄严的风光景致展现得一览无余。

六甲和十二肖等诸神，化符治病，求财免灾。至于密宗表现在莫高窟壁画上，主要有以下两种形式。

一、曼荼罗式。这种形式又分为金刚式和胎藏式两种，金刚式是9格，每格有佛；而胎藏式是用圆或半圆组成，每圆内有佛，具体体现在莫高窟壁画中，则采用花朵组织的曼荼罗更为别致。例如，第456窟的曼荼罗就是在一半圆内，其风格和形式都深受西藏密宗通行样式之影响。在第456窟中所画的佛及神怪形象，有三面十二臂、六面十六臂的欢喜佛，这很显然又是喇嘛教的普遍形象，其画工精细但形象则十分可怖。

二、风俗画式。这也是以密宗为内容的另一种表现形式，它主要是以不动明王的形式来表现画面内容，教主则是凶恶的大日如来。其中，地狱变相是用风俗画的样式来宣扬"善有善报，恶有恶报"的教义，并用地狱的种种酷刑来威吓人民，那些牛头马面等众鬼怪更是阴森可怕。由此可见，净土宗使用西方的极乐世界来诱惑人民，而密宗则用恐怖的地狱来恫吓人民，这两宗教旨可谓是泾渭分明。

总而言之，五代至宋元时期的莫高窟壁画，无论从表现内容还是艺术手法上，都无法与隋唐相媲美，甚至不足以与北朝乃至十六国时期相比肩，而且世俗化现象极为明显，这不能不说是社会现实对莫高窟壁画的一种深刻影响。

莫高窟的罪人与功臣

与敦煌遗书惨遭劫掠殊途同归的，还有敦煌莫高窟这颗"东方艺术明珠"的悲惨命运。当西方列强把敦煌遗书劫掠一空之后，他们又将盗掘的目光盯在了莫高窟内的雕塑和壁画上，于是新一轮的掠夺在敦煌莫高窟开始上演。不过，已经引起中国有良知和正义感的学者们关注的敦煌莫高窟，再也不是藏经洞被发现之初那样任人宰割了。于是，盗掘劫掠莫高窟瑰宝的西洋罪人和宣扬保护莫高窟瑰宝的中国功臣，便不能不在这章文字中登场亮相，虽然他们只是其中的代表人物，但是这足以让人们辨明是非和善恶了。

◎ 掘地三尺的盗宝人——奥登堡

当斯坦因与伯希和等人劫掠敦煌遗书而使莫高窟成为人们关注焦点的时候，在这方面向来不甘落后的俄国人，便开始积极筹措准备前来"分享"敦煌瑰宝。其实，早在1879年，沙俄军官出身的普尔热瓦尔斯基在第三次中亚探查行纪中，就曾经提到了中国敦煌的莫高窟；1893年至1895年罗波洛夫斯基在中亚探查报告中，也曾简略地记述了敦煌莫高窟；还有1905年那位因撰写出版《在中亚僻远的地方——寻宝人见闻录》一书，使人们对作者奥布鲁切夫劫掠敦煌宝藏莫衷一是之事实，都使俄国人对中国的敦煌莫高窟产生了觊觎之心。不过，沙皇俄国劫掠敦煌宝藏的代表人物，则是掘开莫高窟所有洞窟的地皮进行仔细翻检的奥登堡。那么，这位将莫高窟掘地三尺的奥登堡是何许人，他是如何劫掠敦煌宝藏的，到底从莫高窟劫掠了多少宝藏呢？

奥登堡

谢尔盖·费多罗维奇·奥登堡，俄罗斯东方学家，俄国印度学奠基人之一。

1863年9月14日，谢尔盖·费多罗维奇·奥登堡出生在俄国札巴衣喀里斯克地区的皮昂金村，他的父亲是一位退役的少将军官。1881年，奥登堡从华沙第一中学毕业后顺利地考入了彼得堡大学，主攻东方语言系的梵文—波斯语专业，师从沙俄著名汉学家瓦西里耶夫研究梵文和佛学。1885年，奥登堡大学毕业后因成绩优异而留校任教，主讲他潜心研学4年之久的梵语语法课程。随后，奥登堡仅用14年时间就完成了许多学者几乎一生才能实现的梦想，即从副教授、教授到副院士、院士的学术仕途。1904年，奥登堡担任俄国科学院常任干事，就此开始主持科学院日常事务长达25年，也就是将这一重要职务一直担任到1929年才卸任。在这期间，奥登堡不仅兼任了俄国科学院亚洲博物馆馆长长达15年，还出任过俄国"二月革命"后克伦斯基临时政府的教育部长一职。仅此可知，经历过俄国沙皇统治时期、临时政府阶段和苏联时代的奥登堡，无论在俄国学术界还是政界，都可以说是一位不容忽视的风云人

物。当然，作为劫掠中国敦煌宝藏的主谋者和急先锋，奥登堡先后两次来到中国西北地区"考察"，其为俄国攫取堪与斯坦因、伯希和所劫掠敦煌宝藏相媲美的丰硕成果的同时，也给中国历史文化遗存特别是敦煌文明造成了极为惨重的损失。

劫掠敦煌宝藏的西洋探险者或考古人，无一不是在本国政府有关组织和机构的支持下，才得以在中国西北这片他们认为的乐园里攫取大量宝藏的，比如斯坦因与伯希和。具体到俄国奥登堡所率领的"考察队"，因为其本人在俄国学术界和政界非同寻常的影响力，那更是拥有一个组织得力、资金雄厚、设施完善、准备充分的强力后台。早在1902年，第十三届国际东方学家大会在德国汉堡召开之时，大会便决定成立"中亚和远东探险国际协会"，其任务就是组织和协调各国开展的中亚考察。由于该协会总部决定设在俄国的圣彼得堡，而俄国的拉德洛夫和奥登堡被委托组织中央委员会，当然俄国自己也成立了一个委员会——俄国中亚与东亚研究委员会（简称"俄国委员会"）。故此，俄国还因为有地缘中国西北的这一便利，不仅成为欧洲各国考察队进入中国的必经之地，俄国委员会也成为西方列强列为进入中国进行考察优先考虑的对象。于是，1903年11月1日该委员会接受了奥登堡提出的"关于装备克列门兹领导的吐鲁番、库车考古考察队的建议"，并由政府出资准备出征中国西北进行考察。不料，随后因为日俄战争的爆发，致使俄国的这次中亚考察计划未能实现。对此，我们不知道奥登堡的心里是否感到有些遗憾，反正为了促成俄国委员会到中国西北进行考察，他于1908年以俄国委员会的名义在皇室乡间行宫举办了一次有关东土耳其斯坦的文物展览，而展会上的展品都是俄国委员会从边疆运抵的。由于这次展览给人们留下了极为深刻的印象，促使俄国政府决定拨出专款用以组织人员到东土耳其斯坦进行新的考察，并委托奥登堡制订一个更大范围和规模的考察计划。于是，1909年6月6日以奥登堡为队长的"中国西域（新疆）考察队"从圣彼得堡出发，其队员中除了有画家兼摄影师杜金、考古学家卡缅斯基及其助手彼特连柯外，还有矿山工程师兼地形测绘员斯米尔诺夫。

很显然，这个考察队的任务不单单是文物考古发掘，还担负着窃取中国西北地区科学情报的任务，所以当考察队于6月22日到达楚古伦克后，奥登堡又雇用了一名汉语翻译——霍托，以便他的这支考察队在中国西北地区顺利开展活动。于是，奥登堡所率领的考察队在考察喀什、吐鲁番和库车等地区的古代文化遗存、盗掘劫掠大量地下文物的同时，还对这一地区的地形进行了详细测量和绘图。第二年2月底，当奥登堡和他的考察队携带大量珍贵的梵文和回鹘文写本文书，以及8000多张（幅）

奥登堡考察队合照

奥登堡两次到中国西北考察，均收集到大批写本和文物资料，特别是在敦煌文书中有大乘教早期的许多汉藏文写本，极为珍贵。

照片和绘图返回俄国后，先是在俄国委员会内部展示其辉煌的"考察成果"，随后又在政府高层内部做了一场考察报告，这更加引起了俄国学界和政府的高度关注。

由此，奥登堡不仅获得了俄国考古协会的最高荣誉——一枚金质奖章，还得到了俄国政府10万卢布巨额资金用以支持他第二次考察。1914年5月，奥登堡踌躇满志地带领他的考察队来到中国西北地区，不过他这次考察的主要目标不是新疆，而是已经轰动世界的甘肃敦煌的莫高窟。为了这次意义非同一般的考察，奥登堡在向俄国委员会提交为期一年的考察方案时说，这次考察队的任务，就是对敦煌莫高窟的历史文物进行综合描述和研究。为此，奥登堡不仅在组建考察队时考虑周全细致，队员中除了画家兼摄影师杜金和矿山工程师

莫高窟第196、202、220等窟外观

奥登堡考察队拍摄

兼地形测绘员斯米尔诺夫之外，还有专业画家宾肯堡、民族学家罗姆贝格和多名助手及翻译人员，还制订了各项考察工作的详细计划：准确绘制洞窟总体平面图、层次平面图、剖面图与正面图，确定摄影对象，对特别重要的还将进行复描，并根据原定计划尽可能详尽地进行洞窟描述。至于这次考察的行进路线，奥登堡也有具体而详尽的安排，即塔城—奇台—乌鲁木齐—安西—哈密—敦煌，然后再绕过敦煌经红柳园返回哈密。另外，奥登堡还明确表示如果预定计划能够顺利完成的话，考察队将再次前往新疆吐鲁番地区，并在那里一直考察到来年春天结束。

以寻找对中国西北地区佛教艺术遗迹进行断代的可靠依据为借口的奥登堡考察队，一进入敦煌莫高窟便按照原定计划展开了考察工作。在莫高窟考察的一年间，奥登堡考察队前3天对莫高窟进行了总体参观，随后便是记录洞窟情况、摄影、复描、绘图和挖掘等，这次考察可谓是空前的彻底，以至于对藏经洞等几乎所有洞窟的地皮都挖掘了一遍，真正是做到了掘地三尺。当然，也正是这种空前绝后的彻底考察，奥登堡的收获也是极为丰硕巨大的，可以说其所获敦煌宝藏数量之多、价值之高，与斯坦因、伯希和所获不相上下。确实，奥登堡考察队在敦煌莫高窟期间，不仅绘制了443个洞窟的正面图，拍摄了2000多张照片，劫走了多种壁画（片段）、布画、绢画、纸画、丝织品和写本，还从当地民众手中搜集了数百件相当完整的敦煌遗书手卷。遗憾的是，这位曾经大骂斯坦因等人不懂文物价值和科学发掘知识的奥登堡，他自己不仅对敦煌莫高窟进行了前所未有的灾难性毁坏，而且所劫掠的敦煌宝藏直至他去世也没能向外界公开，更别说系统整理或编撰发表著作了。

1934年2月，奥登堡在列宁格勒（今圣彼得堡）寓所里黯然离开了人世。此后，就连奥登堡本人的旅行日记和工作日志也都深藏在俄国科学院的档案库里，至于世人迫切希望看见或进行学术研究的敦煌宝藏，那更是俄国人人言人殊的神秘痛处。

满载盗窃文物返程的奥登堡考察队

奥登堡考察队给敦煌文物造成了巨大的损失。

◎ 肆无忌惮的考察者——华尔纳

与奥登堡将莫高窟洞窟内掘地三尺这一罪恶行径相类的,还有美国人华尔纳大肆揭剥莫高窟精美壁画的可恶行为。他们这种为世人所不齿的行为,除了为本国攫取大量中国的文物瑰宝之外,还将他们本人永远地钉在劫掠中国文物的耻辱柱上。令人气愤的是,当年华尔纳在揭剥莫高窟壁画时不仅没有丝毫的羞耻感,反而为自己的行为找到了一个冠冕堂皇的理由。

1881年出生在美国马萨诸塞州一个律师家庭的兰登·华尔纳,1903年毕业于著名的哈佛大学,随后便作为美国地质学和考古学远征队成员前往俄属中亚西亚。作为远征队成员的华尔纳不仅考察了古丝绸之路上的撒马尔罕和布哈拉等地,还访问了当时主权独立的基华汗国(位于今咸海南部的阿姆河流域),

莫高窟的罪人与功臣

这使其成为第一位涉足此地的美国人。回国后，华尔纳任职于哈佛大学博物馆，并在哈佛大学开设东方艺术课程，这是开美国大学开设这一课程之先河的创举。1908年，华尔纳由波士顿美术馆借调到日本奈良研修佛教艺术，师从日本最著名的佛教美术史家冈仓觉三。当时，这位兼任波士顿美术馆亚洲艺术部主任的冈仓觉三，面对各国积极参与中亚文物争夺的疯狂局面，曾专程前往美国为华尔纳争取了1万美元的经费，准备派遣他奔赴中国的新疆等地进行考察，后因华尔纳的父亲和波士顿美术馆的反对而作罢。1913年，华尔纳结束在日本奈良研修佛教艺术之后，回到哈佛大学虽然仍旧从事东方艺术课程教授工作，不过此时的华尔纳已经成为美国东方艺术研究领域中的佼佼者。于是，当美国底特律极富东方艺术品收藏的大资本家查尔斯·F.弗里尔准备在中国北京筹建一所旨在参与中国文物争夺战的考古学校时，华尔纳便成为他所物色的最佳人选。面对这一千载难逢的好机会，痴迷于东方特别是中国文化艺术研究的华尔纳欣然同意，随即携带刚结婚3年的妻子——美国总统罗斯福的妹妹罗

华尔纳

兰登·华尔纳（1881—1955年），臭名昭著的敦煌文物盗窃犯，也是所谓近代美国著名的探险家、考古学者。

兰·罗斯福踏上了他心驰神往的中国大地。

在前往中国的行程中，华尔纳途经欧洲时不仅参观了诸多收藏有中国文物的博物馆，而且拜访了沙畹与伯希和等当时已经蜚声世界的汉学家们，从而更加激起了他攫取中国西北文物宝藏的强烈欲望。到达北京后，美国大资本家查尔斯·F.弗里尔筹建考古学校的全权代表华尔纳，因为恰逢第一次世界大战的爆发而未能实现这一愿望，但是他的中国之行以及在北京再次与伯希和相遇，特别是伯希和鼓动他在第一次世界大战结束后共同前往新疆考察的建议，使华尔纳那颗原本就蠢蠢欲动的心几乎膨胀起来，这从他写给美国克利夫兰美术馆馆长的一封难以抑制兴奋心情的信件中可以看见。华尔纳在信中这样写道：

这真是我们值得夸耀的事，他（伯希和）是席卷了敦煌文书和壁画的少数几个人之一，他私下还打算挖掘几处遗址，只是苦于没有经费，如果他能参加我们的考察，那等于我们新添了一位世界上最有名气的学者。

后来，由于种种原因，华尔纳与伯希和两人的这一企图没能得逞。不过，中国有句俗语叫作："不怕贼偷，就怕贼惦记。"1923年，对中国西北珍贵文物宝藏惦记已久的华尔纳，终于等来了大肆揭剥盗掘敦煌莫高窟壁画和塑像的机会。这一年，美国哈佛大学福格艺术博物馆准备扩展东方艺术品的收藏，遂决定组建一支远征中亚、西亚的考察队，而这时担任该馆东方部主任兼任宾夕法尼亚博物馆馆长的华尔纳可谓是责无旁贷的最佳人选。于是，以华尔纳为队长、宾夕法尼亚博物馆馆员霍拉斯·翟荫为队员的这支小小的中亚、西亚考察队，于这一年的7月来到了北京。在北京，华尔纳不仅在由美国教会创办的燕京大学物色了一位名叫王近仁的学生充当翻译兼事务员，还利用自己于1918年受美国政府派遣出任美国驻哈尔滨副领事的关系，与总部设在河南洛阳的直系军阀吴佩孚取得联系，并顺利获得吴佩孚派兵沿途保护他们的支持。

说法图

此壁画位于莫高窟第320窟,主尊两侧分别绘天龙八部、弟子、菩萨、天王等侍从,其中东(左)侧一身菩萨头像和西(右)侧的天龙八部两身,于1924年被美国人华尔纳盗走。

9月4日,华尔纳与翟荫一行进入甘肃安西,辞别武装护送人员之后,便开始了他们肆无忌惮地盗掘中国文物宝藏的罪恶行动。首先,华尔纳等人在甘肃泾川王母宫石窟(华尔纳称之为"象洞")盗掘了7尊精美石雕,而这一罪行直到60多年后中亚探险史研究专家王冀青委托美国历史学家莫洛索斯基调查华尔纳搜集品时才被揭露出来,此前外界特别是中国人对此几乎一无所知。随后,华尔纳等人来到了额济纳河下游的哈拉浩特——黑城(又称"黑水城"),在这个曾经埋藏有西夏王朝无数文物宝藏的故都遗址,华尔纳等人只能在已经被俄国人科兹罗夫和英国人斯坦因挖掘殆尽的地方重新挖掘一遍。因此,华尔纳等人在黑城10天的辛勤挖掘,

除了收获3方壁画、一件泥塑、一件鸟兽葡萄铜镜、一件空心琉璃瓦当和几十枚钱币外，还收获了失望、懊丧和埋怨："这次额济纳的远征已经证明，除非用大量的劳力和进行长时间的挖掘，否则别想再找到更多的东西，因为科兹罗夫和斯坦因已经把这个地方挖掘得如此干净，使后来的人简直无物可挖了。"

不过，华尔纳的失望和懊丧在1924年1月21日这一天不仅一扫而空，而且完全被极端惊喜和无比兴奋所替代，虽然这时他的同伴翟荫因为水土不服而染病已经独自踏上了回家的路途，但是这丝毫没有影响到华尔纳万分激动的心情，因为他已经来到了神往已久的敦煌莫高窟。初到敦煌莫高窟，华尔纳与斯坦因、伯希和一样都没能立即见到王道士，王道士似乎永远都在外出化缘，而这也并不妨碍华尔纳的心情，他开始一头钻进满窟精美壁画的洞窟中逐一参观

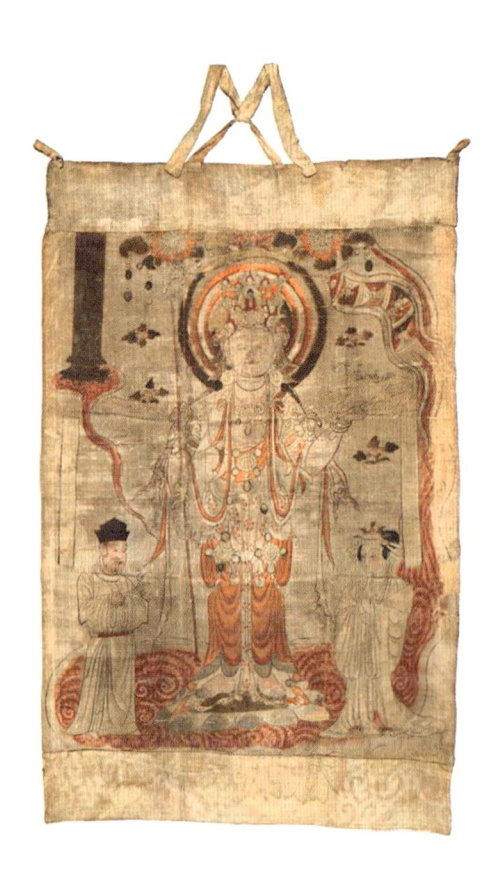

观音菩萨立像幡

唐代绢画，1925年华尔纳从莫高窟所获，现藏于英国哈佛大学赛克勒博物馆。

起来。一连10天的时间,华尔纳除了吃饭和睡觉,几乎没有离开过洞窟,他完全被眼前这处只有极少数几个西方探险家曾经看见过的沙漠中伟大的艺术画廊惊呆了。这些14世纪以前的画工们留下的精美绝伦的人物形象,有的步态雍容地列队行进,有的静坐在盛开的莲花上举手祝福,有的陷入深深的沉思,有的则处于更高层次的心无所思的涅槃状态。对此,华尔纳在心里不由暗暗惊呼:"这正是我费心猜度的神佛,它们确实存在着!"

华尔纳在洞窟中环顾四壁,满窟壁画的颜色已有五成消褪了,冬季太阳从洞窟外射进的光线非常微弱,使所有的画像都显得有些模糊不清。然而,这是一个古代神佛的群体,昔日的那些信徒早已离

罪证
莫高窟第323窟南壁华尔纳揭取壁画的痕迹

它们远去，可它们却没有逃离这个荒漠的尘世，依然静静地栖身在高高的洞窟中，面容是那样的高深莫测，微笑是那样的意味深长。突然，华尔纳被另外一种情绪所支配，因为这些美轮美奂的壁画上竟然出现了火熏刀刻的污浊痕迹。

原来，就在华尔纳来到敦煌莫高窟之前，这里已经遭到了另外一场浩劫。1920年至1921年，一支在俄国"十月革命"中失败的白俄军队残部窜入中国新疆境内被中国当局拘留，昏庸无知的督军杨增新将这一残部缴械后，竟把敦煌莫高窟这个艺术圣殿当作他们的拘留地。于是，这伙绝望潦倒的官兵们便冲着精美壁画和彩色雕塑任意发泄起来，他们在精美的壁画上胡写乱画，许多洞窟的四壁和甬道随处可见用俄文刻写的白俄军队番号及斯拉夫人的下流话。其中，一个安放着古代公主遗骸的密室被他们打开后，里面诸多珍贵文物尽数被盗。在这长达半年时间的拘押中，这支白俄军队残部还在洞窟中生火做饭，致使洞窟遭到前所未有的烟熏污染，而原本色彩灿烂的古代壁画也变得一团乌黑。面对这一状况，华尔纳当天晚上在给他妻子的一封信中这样写道：

我就是折颈而死，也要带回一些壁画局部。我的责任就是豁出命来，从这个很快将要变成废墟的遗址中，尽最大的努力去挽救和保护任何一件东西。很多世纪以来，这个遗址一直处于平稳安定的状态，但是现在它的末日就在眼前了。

华尔纳找到这一看似冠冕堂皇实则无比可耻荒唐的借口之后，便以70两白银的"布施"顺利地让王道士同意他揭剥这些"不值钱的"壁画。

敦煌莫高窟壁画是绘制在一层刷了白灰水的草筋泥上，泥层则又涂抹在粗糙的砾岩上，厚度约有二三厘米，这使华尔纳无论采用锯割法还是凿沟法，都无法成功地将墙皮上的壁画完整地撬剥下来。对此，华尔纳早有准备，因为他在动身前往中国之前就曾专门研究过意大利的壁画修复技巧，并从哈佛大学助教丹尼尔·汤姆生那里学习了喷胶技术。于是，华尔纳采用以上方法割剥壁画失败后，便采用他所携带来的一种能够使壁画分离的特殊化学溶液，只要先把这种用于固定颜料的无色药液涂在墙上，片刻之后再把经过加热的胶水状底基涂到壁画上，便能够顺利地将壁画从墙体上剥离下来。不过，尽管华尔纳有着如此充分的准备，还是出现了未曾料到的麻烦，因为当时敦煌正值隆冬时节，洞窟内的温度在0℃以下，这种固定剂溶液还没有渗透到墙皮里面就已经结成了固体，而加热到沸腾的胶水也几乎无法在它凝固之前涂抹到垂直的墙面上。不得已，华尔纳只好让人举着上面放有加热胶水的火盆，亲自用刷子蘸着胶水往壁画上涂刷，而滚烫的胶水就像糖汁一样滴洒在他仰起的脸上、头上和衣服上，在他揭剥壁画的时候，手指又被胶水粘在了一起。即便如此，也丝毫不能动摇华尔纳揭剥这些壁画的罪恶之心，他是铁了心要把这些壁画揭剥下来后再运回自己的国家"保护"起来。起初，华尔纳揭剥壁画时还有些担心，担心当地佛教信徒们找他的麻烦，所以他只在夜里用布盖在壁画上偷偷摸摸地揭

菩萨头像

此壁画原位于莫高窟第320窟南壁的阿弥陀经变正中说法图，盛唐时期绘制，被华尔纳剥离，现藏于哈佛大学福格艺术博物馆。

剥，待到确信无人干涉后，他干脆撩起盖布不分昼夜地揭剥起来。经过整整5天明目张胆地大肆盗剥，华尔纳在损坏10余铺壁画的同时，终于较完整地揭剥下了12铺壁画，它们是第320、321、328、329、331、335、372等窟中最优美的壁画，总面积达到3.2万平方米之多，其中就包括那铺具有极端重要历史意义的《张骞西域迎金佛》图。对此，华尔纳极为自豪地说："这是极宝贵的珍品，我们在美国还从未见过与此类似的东西。同时，这些东西和德国人从土耳其斯坦的灰泥墙壁上锯下来的变成了方形的壁画相比，也可能会引起他们的忌妒。"

除了揭剥壁画，华尔纳还偷盗了两尊唐朝塑像，那是他觊觎良久的两尊极为精美的塑像。其中，那尊跪姿菩萨塑像成了美国哈佛大学福格艺术博物馆的镇馆之宝，从此这个小小且微不足道的福格艺术博物馆便以此而开始夸耀于世了。数日之后，一辆破陋的骡车离开敦煌远去了，在茫茫戈壁上吱吱呀呀地缓慢东行。在这辆破陋的骡车上，被揭剥的壁画牢牢地粘附在浸有胶水的棉纱布

张骞西域迎金佛

此壁画原位于莫高窟第323窟，唐代创作，被华尔纳盗走，如今收藏在美国哈佛大学福格艺术博物馆。

上，并用毛毡包裹着夹在两块木板之间，而那尊唐代半跪姿的佛像，也在床单和毛毡的缠绕中静静地躺在壁画一旁，志得意满的华尔纳则紧紧地跟在车子后面，他的面部表情分明是一种意犹未尽。

1924年4月，华尔纳带着他在中国敦煌莫高窟劫获的宝藏凯旋。顿时，哈佛轰动了，美国轰动了，华尔纳在一夜之间也成为整个美国家喻户晓的探险家和考古学家。于是，华尔纳立即被责成组建第二次福格中国考察队，这次考察的主要目的就是完整揭剥他在美国民众面前无比吹嘘但又无比真实的莫高窟第285窟中那铺绘制于西魏时期的最为精美的壁画。短暂的休整之后，华尔纳和他的考察队于1925年初春再次来到中国北京，准备前往敦煌莫高窟揭剥更多的壁画。而这时，不仅中国学界对华尔纳考察队准备实施的疯狂行径采取了软硬兼施的有效抵制，就连敦煌当地民众也是群情激愤，纷纷组织起来阻挠这支美国考察队进入敦煌境内，并昼夜对莫高窟采取保护措施，这使华尔纳的考察队只好灰溜溜地逃了回去。当然，中国还有一句俗语叫作："贼不走空。"在这次考察中，华尔纳除了搜购了一件敦煌隋写本《般若波罗蜜多心经三十五品》外，只能仓促地在莫高窟拍摄一些图片而已。对于第二次中亚考察惨遭失败的结局，1955年华尔纳以年过古稀之龄去世时也是百思不得其解，这种失败和疑问的情绪就像迷雾一样一直纠缠他。

即便如此，华尔纳生前还是以1926年出版的《在中国漫长的古道上》和1938年出版的《万佛峡：一个9世纪佛教石窟壁画的研究》这两部皇皇专著，在美国学界特别是东方艺术学界成为执牛耳者。

◎ 激情画作唤醒世人——张大千

非常有趣而又令人深思的是，从王道士发现藏经洞至华尔纳考察队被中国学者和敦煌民众"驱逐"出境这25年间，西洋和东洋的盗宝者们都披着探险

队或考察团的合法外衣，摩肩接踵地来到莫高窟干起了偷盗和劫掠敦煌宝藏的罪恶勾当，从而使敦煌莫高窟震惊世界、名扬全球。然而，敦煌莫高窟真可谓是煊赫一时，自1925年华尔纳考察队灰溜溜地离开敦煌之后，莫高窟随即也沉寂了下来，而且一沉就是近20年的时间。在这期间，虽然有零星的外国探险者前来盗掘宝藏，却鲜少有中国学者或艺术家涉足此地，这固然有抗日战争已经爆发的原因，但是更主要的恐怕还是中国学者和艺术家的熟视无睹或麻木不仁。因此，直到1944年，当一位画家历时30个月激情临摹出数百幅敦煌莫高窟壁画，并将这些临摹作品在战火纷飞中于诸多城市展出时，才使世人的目光再次聚焦到黄沙依旧的敦煌莫高窟，当然也使敦煌学的外延与内涵得以大大地扩展。这位画家就是被中国另一位伟大画家徐悲鸿赞誉为中国画坛"500年来第一人"的张大千。

清光绪二十五年（1899年）出生于四川内江一个艺术世家的张大千，名爰，字季爰，还有一个斋号叫"大风堂"，"大千"是1919年冬他离家出走到江苏松江城内妙明桥附近的禅定寺出家后，由该寺住持逸琳法师为他所起的法名，没想到张大千这个名字此后传遍了世界。

张大千自幼聪明过人，临摹古人画作常常达到乱真的程度。据说他在12岁时就已经能够画出较好的山水花鸟画，15岁时继二哥张善孖之后东渡日本，在京都学习印染期间"格致兼攻"，并没有废弃对国画的研习。1919年，张大千自日本返回上海后，拜在江南绘画名家曾熙（字农髯）和李瑞清门下，在绘画上承袭清代四僧、四王、梅清、金农和华喦等名家的艺术风格，还潜心学习古文诗词和书法。到了20世纪30年代，张大千与清皇室绘画名家溥儒（字心畬）已经享有中国山水画"南张北溥"之盛誉了。1933年，张大千还被聘为南京国立中央大学艺术系的教授。即便如此，张大千为了探求艺术真谛，依然如青少年时期一样遍游中国境内的名山大川，广泛结交社会各阶层人物，使自己的艺术视野和社会眼界大为开阔，从而也使张大千这个名字逐渐走向了世界。

张大千

张大千（1899—1983年），四川省内江市人，原名正权，后改名爰，字季爰，号大千，别号大千居士、下里港人，斋名大风堂，中国近现代国画家。

然而，就是这样一位"天纵之才"的大画家张大千，当他于1941年一个午夜时分初次进入敦煌莫高窟获见那些精妙绝伦的壁画时，也不由得发出了"哎呀呀"的惊叹之声。其实，早在20世纪20年代张大千在上海学画时，就从老师曾农髯和李瑞清处听说过敦煌的莫高窟，此后又陆续在上海、南京及北京等地获见过零散的藏经洞所出之经卷和帛画，并留心查阅了一些相关资料，从而在心中产生了朝圣敦煌莫高窟的夙愿。1940年秋，"幽居"青城已经两年之久的张大千，因为痛感四川广元等地一些唐代造像毁于公路建设之故，遂经过一番精心筹备之后，便决定前往敦煌莫高窟"礼佛"。然而，还没等张大千走出四川地界就传来二哥张善孖不幸去世的噩耗，悲痛万分的张大千急忙仓促前往重庆奔丧，致使这次敦煌之行就此搁浅。第二年春，张大千偕夫人杨宛君、次子张心智、女婿萧建初和学生孙宗慰等人，并邀请著名画家、书画鉴定家谢稚柳一同前往敦煌莫高窟。8000里行程，性喜游历的张大千依然感受到了长途跋涉的艰难，因为那时还没有今天这样比较像样的公路，租来的汽车只能在黄沙漫天的马路上颠簸前往，历时一个多月到达甘肃安西之后，张大千等人就

只能骑着骆驼行走了。随着叮叮当当的驼铃声,张大千一行穿戈壁越沙漠,终于来到了他心驰神往的"礼佛"圣地,当然也是他绘画风格发生陡转直上的艺术圣地——敦煌莫高窟。

张大千一行到达敦煌莫高窟的那一天,时间已经接近午夜时分,而他稍事休息后便迫不及待地要求入洞探视。于是,当张大千等人手持电筒和蜡烛首先来到藏经洞时,他们完全被洞壁上那富丽辉煌、气势雄伟的壁画惊呆了、陶醉了,这位藏有宋、元、明、清诸多著名画家真迹的鉴赏家,不得不从心底承认自己原本打算3个月的临摹计划是多么的见识短浅:"老实说,我到敦煌之初,是抱着莫大的雄心去的,可是巡视了千佛洞之后,眼见每洞由顶到底,都是鲜明的壁画,瞠目惊叹之余,真是自觉渺小。"随后,张大千针对莫高窟各洞窟之间的通道被流沙淤积阻塞之状况,决定先清除积沙、疏通道路,然后再对各个洞窟进行编号,以便展开壁画临摹工作。诚如张大千所言,任何个人面对敦

张大千团队在敦煌莫高窟

该照片拍摄于1942年。

煌莫高窟时都会自觉渺小，比如清除积沙、疏通道路及为洞窟编号这一仅仅为临摹壁画所进行的前期准备工作就整整花去了5个月的时间，试想当初张大千那3个月的临摹计划简直是天方夜谭了。当然，作为"天纵之才"的一代绘画大师，张大千不仅具有极为非凡的毅力和耐心，还具有深厚的艺术修养，前者使他不畏辛劳和艰苦为莫高窟309个洞窟编了号，后者则使他为莫高窟壁画的时代风格做出了精辟论断。

对于敦煌莫高窟壁画的时代风格，张大千曾这样论断说：

两魏疏冷，林野气多；隋风拙厚，窈奥渐起；驯至有唐一代，则磅礴万物，洋洋乎集大成也；五代宋初，蹑步晚唐，技渐芜近，亦世事多故，人才之有穷也；西夏诸作，虽刻画极钝，颇不屑踏陈迹，然以较魏唐，则势在强弩矣。

确实，张大千当年对莫高窟壁画时代风格的宏观把握和论断，即便在今天看来依然是准确而精辟的。

不过，1941年底张大千虽然完成了莫高窟清理积沙、疏通道路和洞窟编号等工作，但是他并没有立即进行莫高窟壁画的正式临摹，而是只身前往西宁欢度春节去了。其实，张大千在西宁欢度1942年春节的时候，不仅变卖了自己收藏多年的宋、元、明、清字画，购买了大量绘画颜料和制作画布，还以每月50元大洋的高薪聘请了不久前结识的昂吉、三知、格朗、晓梧和杜结林远等5位藏族喇嘛画师，因为张大千对于他们的绘画作品——佛帧，以及制作画布和加工矿质颜料的技术极为钦佩。确实，当张大千见识了莫高窟壁画的精美绝妙之后，不能不由衷地感叹："大千流连绘事，倾慕平生，古人之迹，其播于人间者尝窥见其十九，求所谓六朝隋唐之迹，乃类于寻梦。石室壁画，简籍不备，往哲所未闻，丹青千壁，盛衰之理，吁其极矣。"既然如此，张大千决定临摹莫高窟壁画时必须是原色原大，而他原先携带的画布实在是太不

敷使用了，至于颜料也不是临摹莫高窟壁画所必需的藏蓝（石青）和藏绿（石绿），因此专程前往西宁高薪聘请昂吉等5名藏族画师，实在是思忖良久的明智决策。

正式临摹开始了。张大千这样解释自己的临摹工作："壁画色多斑烂，尚须秉灯静观良久，才能依稀看出线条，我主要在观摩揣测上下功夫，往往数十次观研之后才能下笔。为了不浪费材料，临摹时先以玻璃依原作勾出初稿，然后把初稿粘在画布上，在极强的阳光照射下，先以木炭勾出影子，再用墨勾。稿定之后，再敷色。凡佛像、人物主要部分，都是我自己动手，其余楼台亭阁不很重要部分，则分别由门人、子侄、喇嘛分绘，每幅都注明合作者姓名。因此，每幅画的手续都很繁复，极力求真，大幅要两个月才能完成，小幅的也要十几天。"除此之外，在具体临摹时因为洞窟内的空间比较狭小而无法平置画案，故不得不雇用当地民工搭设脚手架，以便张大千能够站立起来进行临摹。即便如此，又因为大多数洞窟内的光线不

张大千率弟子临摹壁画

足，张大千有时还要一手拿着蜡烛，一手拿着画笔，并因地制宜地站立在脚手架上。临摹窟顶壁画时，张大千不得不仰着头或者躺在地上，而临摹接近地面的壁画时，他又必须蹲着或者趴在地上。那时虽然是隆冬时节，但是他临摹勾画时间不长就汗水淋淋，甚至气喘得头昏目眩。而这样辛勤地临摹作画，张大千多数日子都是清晨进洞，黄昏时分才出来，有时候甚至还要昼夜工作。在莫高窟的30个月时间里，原本乌发丝丝、黑髯飘飘的张大千，竟然华发如许、鬓须染霜了。当然，张大千这次耗资多达5000两黄金之巨的莫高窟之行，不仅收获了276幅精美壁画的临摹作品，而且对中国文化特别是绘画艺术的源流，有了一个极具见地的认识：

以前常有人说，中国文化多受西方影响，我研究了敦煌壁画之后，认为此说不足信！敦煌壁画所画的人物，可以考究隋唐之衣服制度，补唐宋五代史书之阙文，我认为历史考证之价值，重于艺术之欣赏。……至于在艺术方面的价值，我们可以这样说，敦煌壁画是集东方中古美术的大成，敦煌壁画代表北魏到元代中国美术的发达史。换言之，也可说是佛教文明的最高峰。我们敦煌壁画早于欧洲文艺复兴约有1000年，而现代发现还相当完整，这也可以说是人类文化的奇迹。

其实，除了临摹敦煌莫高窟的壁画之外，张大千还于1943年5月转赴榆林窟和万佛峡等地，对这些地方的洞窟进行编号和壁画临摹，其中榆林窟壁画摹本有10余幅之多，小者数尺，大者数丈，如今大都成为四川省博物馆的珍贵藏品。

1943年深秋时节，张大千满载着莫高窟等地的临摹壁画返回了四川成都，并借居在昭觉寺里对这些呕心沥血的临摹作品进行整理。1944年，"张大千临摹敦煌壁画展"相继在四川成都和重庆等地展出，从而在世人眼前展示了一个

个清新绚丽、别开生面的艺术世界,而这种新颖独特的风格在使人们感到亲切的同时,又使人们感到那么陌生,因为它与明、清以来的中国画风截然不同,当然更是令人惊叹不已。对此,张大千的好友、著名书法家沈尹默先生深有感触,随即挥毫写道:

三年面壁信堂堂,万里归来须带霜。
薏苡明珠谁管得,且安笔砚写敦煌。

而著名的史学大师陈寅恪先生则从另外一个角度对张大千所取得的成果赞赏道:"自敦煌宝藏发现以来,吾国人研究此历劫仅存之国宝者,止局于文籍之考证,至艺术方面,则犹有待。大千先生临摹北朝唐五代之壁画,介

张大千和弟子在榆林石窟临摹壁画

绍于世人，使得窥此国宝之一斑，其成绩固已超出前人研究之范围，何况其天才独具，虽是临摹之本，兼有创造之功，实能于吾民族艺术上别创一新境界，其为敦煌领域中不朽之盛事，更无论矣。"确实，沉寂的敦煌莫高窟因为张大千而再次引起世人的关注，这从随后"张大千临摹敦煌壁画展"相继在印度、日本、阿根廷、法国、德国和美国等国家及地区举办都大受好评中可以得到验证。

至于敦煌莫高窟之行对张大千艺术风格之影响，谢稚柳先生曾这样评论说："大千的人物画本来画得很好，自到敦煌后，他认为唐代的人物画，那种豪迈而雍容的气度是最高的艺术。所以，当他临摹了大量壁画之后，他自己的人物画风，已完全舍去了原有的格调。他后期的人物画风格，正是从此而来的。"诚如斯言，敦煌艺术博大精深，它为每一位艺术家都提供了极为丰富的艺术营养，具体到张大千的敦煌之行，可以说这是他艺术生涯的一个重要转折点，使他的人物画和水墨画进入一个新的阶段，或者说从此开始走向他绘画艺术之顶峰。多少年之后，当人们追溯这位艺术巨匠所走过的道路时，依然不能不承认他对于敦煌莫高窟的选择堪称独具慧眼。

对于敦煌莫高窟来说，我们似乎也不应该忽视张大千积极促成敦煌艺术研究所成立这一史实，因为此举对于敦煌莫高窟的保护和研究具有极为重要的奠基性作用。

◎ 恪尽职守的保护神——常书鸿

1941年秋，正当张大千在莫高窟清理积沙、疏通道路和为洞窟编号时，时任国民政府监察院院长的于右任奉命西行视察，并于中秋节之前赶到了敦煌莫高窟。在这里，作为对艺术颇有研究的著名书法家，于右任对于张大千在如此艰苦条件下的工作状态，表示了由衷的钦佩和理解。中秋之夜，当张大千在

席间谈及莫高窟的价值和敦煌文物失散严重的情况时，于右任也深深地感到了一种焦虑，他当即表示要为保护莫高窟多做工作。于是，张大千提出筹建敦煌艺术研究所的建议，这当然也得到了于右任的赞同和支持。后来，在于右任、梁思成和徐悲鸿等人的积极呼吁支持下，"国立敦煌艺术研究所筹备委员会"终于在1943年3月正式成立，而在主要筹备人员中不能不提到后来在莫高窟数十年恪尽职守的"保护神"——常书鸿。

1904年，常书鸿出生于美丽的西子湖畔，风光秀丽的江南水乡，使他从小就感受到艺术的气息。后来，常书鸿考入浙江省立甲种工业学校学习染织技艺，1923年毕业后因成绩优异而留校担任美术教员。1927年6月，常书鸿来到法国勤工俭学，并顺利地考入里昂中法大学，成为该校美术专业的一名公费生。1932年夏，常书鸿以油画系第一名的成绩毕业于里昂国立美术学校，并通过里昂油画家赴巴黎学习的公费奖学金考试。1933年，常书鸿进入巴黎高等美术学校——新古典主义画家、法兰西艺术院院士劳朗斯画室学习。1934年，已经定居法国的常书鸿发起成立"中国艺术家学会"，参加者有常书鸿、

常书鸿

常书鸿（1904—1994年），满族，画家、敦煌艺术研究家。因一生致力于敦煌艺术研究保护等工作，被人称作"敦煌保护神"。

王临乙、吕斯百、刘开渠、陈之秀、王子云、余炳烈等20余人。在这期间，常书鸿所绘的油画《梳妆》《病妇》《裸女》和静物画《葡萄》等作品，曾多次参加法国的国家沙龙美术展。其中，《葡萄》后来被时任法国教育部次长亲选收归法国国有，而《沙娜画像》则被巴黎近代美术馆收藏（现藏于蓬皮杜艺术文化中心），至于《裸妇》在1934年里昂春季沙龙展中获得美术家学会的金质奖章，随后又被该学会收藏（现藏于里昂国立美术馆）。鉴于常书鸿在法国国家沙龙展中先后获得三枚金质奖章、两枚银质奖章和一枚荣誉奖章的成就，他因此被法国美术家协会和法国肖像画家协会吸收为正式会员。然而，常书鸿始终怀揣着一颗爱国之心。有一天，当常书鸿来到集美博物馆参观时，见到馆内竟陈列着伯希和从中国敦煌莫高窟劫掠的大量宝藏，这不由深深刺痛了他的心，一种强烈的爱国情怀促使他放弃舒适而平静的生活，决定回到自己多灾多难的祖国。

1936年秋，常书鸿回到祖国后，先是在北平国立艺术专科学校担任西画系主任兼教授，同年底担任全国美展评审委员。1937年，由于"七七事变"爆发常书鸿不得不随校南下，1938年担任国立艺术专科学校校务委员会副主任兼教授。1940年秋，常书鸿在云南昆明举办个人美术展览，随后辗转来到重庆后离开学校，出任国民政府教育部美术教育委员会委员兼主任秘书一职。看似一帆风顺的艺术之路，并没有消磨常书鸿对于敦煌莫高窟的向往，他一直怀揣着前往敦煌朝拜莫高窟艺术瑰宝的梦想。1942年，国民政府监察院院长于右任在敦煌与张大千告别返回重庆后，立即与建筑大师梁思成、美术大师徐悲鸿等人磋商，准备筹建"国立敦煌艺术研究所"，并委派高一涵和常书鸿出任筹委会的正、副主任。对于国民政府的这一决定，常书鸿感到万分激动，他认为自己深藏心中多年的愿望就要实现了。1943年3月24日，常书鸿肩负着筹备"国立敦煌艺术研究所"的重任，经过几个月艰苦的长途跋涉，终于来到了盼望已久的敦煌莫高窟。在这里，常书鸿与即将离开莫高窟的张大千相遇，

破冰取水

1943年，国立敦煌艺术研究所的员工在破冰取水。

两人共同讨论了"国立敦煌艺术研究所"的筹建方针，对研究所的发展前景进行了十分美好的设想。不过，对于筹建"国立敦煌艺术研究所"这一重任，常书鸿需要克服的诸多困难，不仅仅是满目苍凉和残垣断壁的莫高窟现状，最主要的还是国民政府方面的认识问题。原来，在研究所正式成立之前，虽然常书鸿已经对敦煌莫高窟进行了初级保护，并对莫高窟的壁画和彩塑也进行了考察、临摹和初步研究，但是直到1944年的秋天，"国立敦煌艺术研究所"才被国民政府教育部批准正式成立。不料，就在出任研究所第一任所长的常书鸿，带领史岩、李浴、董希文、张明权、潘絜兹等研究人员和画家沉醉在莫高窟浩瀚的艺术海洋中，开始如饥似渴地临摹和研究，并在短短一年时间内就取得临摹和复制壁画、彩塑百余件，还整理编写出了《敦煌石室画像题记》等巨大成就时，国民政府教育部却以政局不稳、财政困难为由，宣布解散"国立敦煌艺术研究所"。既然研究所的建制被撤销，刚刚聚集而来的研究人员不得不忍痛离开了敦煌莫高窟，而无限怅惘的常书鸿却坚定地留了下来，他不能容忍莫高窟这一世界罕见的艺术宝库就此荒芜浪费下去。于是，常书鸿来到成都、重庆等地四处活动，奔走呼吁，后来经过多方努力，终于使国民政府做出了保留"国立敦煌艺术研究所"的决定。

1946年，常书鸿满怀希望和信心返回敦煌莫高窟，他决心带领大家将研究所建设成为世界敦煌学的学术研究重镇。正是基于这种始终如一的信心和毅力，常书鸿带领大家即便是住在残破的庙宇里，喝着苦涩难咽的宕泉河水，每天只能点着油灯和蜡烛在寂静的洞窟里默默工作，也从来不曾动摇追求至臻至美艺术的信念。直到中华人民共和国成立之前，常书鸿带领大家不

临摹壁画

1955年，常书鸿在莫高窟第369窟临摹。

仅对洞窟进行了重新的系统编号，还临摹绘制了900多幅壁画，并于1948年在上海和南京等地举办多场"敦煌艺术展览"，受到社会各界的广泛关注和许多专家的热情鼓励及有识之士的高度赞赏。其中，常书鸿本人临摹的壁画作品有：257窟《鹿王本生》、285窟《作战图》、249窟《狩猎图》、156窟《张议潮、宋国夫人出行图》、428窟《萨埵那本生》《须达拏太子本生》《四飞天》、254窟《萨埵那本生》等；在这期间创作的油画作品有：《莫高窟下寺外滑冰》《野鸡》《古瓜州之瓜》《雪后莫高窟风景》《南疆公路》《敦煌中寺后院》《三危山的傍晚》《敦煌农民》《古汉桥前》等。可以这样说，常书鸿作为中国敦煌石窟艺术保护与研究的先驱，他带领大家总结了敦煌壁画艺术的研究与临摹方针，奠定了今天在中国乃至世界都是技艺超群、成果显赫并占据领先地位的敦煌研究院及美术研究所这个古代壁画保护、研究和临摹集体的根据地，因为这个研究所培养了董希文、张琳英、乌密风、周绍淼、潘絜兹、李浴、范文藻、常沙娜、段文杰和史维湘等一大批著名的艺术家和专家学者。

中华人民共和国成立后，"国立敦煌艺术研究所"更名为"敦煌文物研究所"，归属于中央人民政府政务院文教委员会社会文化事业管理局，常书鸿依然留任为该所所长。在党中央的直接关怀和支持下，常书鸿带领全所工作人员精神百倍地开始了新的历程。1951年，研究所在北京举办规模很大的"敦煌文物展览"，周恩来总理等党和国家领导人观看展览并给予了很高评价。时任文化部部长郑振铎说："在这些临摹品上，我们不用花费多少说明，就可以知道敦煌文物研究所的诸位艺术家们和工作人员们如何辛勤、坚忍地在遥远的西陲，埋头苦干了8年的光荣经过。我们感谢他们的努力，使我们能够通过他们的努力，见到古代的劳动人民艺术家们的那么多的伟大的作品。"整个20世纪50年代，常书鸿带领全所工作人员有计划地对莫高窟壁画中的供养人、飞天、画案等专题进行了临摹和研究，他们这一时期的临摹作品，不仅技法更加熟练，绘制更加精到，极为出色地表现了古画原作的原来风貌，也为后来的研究者提供了权威依据，可以说无论从数量还是质量上，都已经远远超过了前人的临摹品。20世纪60年代初，国家在财政支出极其困难的情况下，仍然拨出专款对莫高窟进行全面的加固和维修，使敦煌艺术得到妥善的保护。特别是1963年至1965年，敦煌文物研究所在周恩来总理的直接关怀下，组织进行了莫高窟南段窟区崖壁和栈道加固的工程，使莫高窟这一古代艺术宝库在"文化大革命"中躲过了一大劫难。遗憾的是，作为敦煌艺术开发和研究的奠基人，常书鸿却没有莫高窟那么幸运，他的身心遭受了严重伤害，直到1977年才完全恢复工作，1982年担任敦煌文物研究所的名誉所长。即便如此，常书鸿在"文化大革命"至1993年间不仅撰写和发表了《敦煌艺术的源流与内容》《敦煌壁画艺术》《敦煌艺术》《从敦煌艺术看中

维修栈道

1954年，常书鸿在莫高窟峭壁上指导工作人员维修栈道。

华民族艺术风格及其发展特点》《新疆石窟艺术》等学术文章，还编辑和组织出版了《敦煌彩塑》《敦煌唐代图案》《敦煌艺术小丛书》《常书鸿油画集》等著作。

  1994年，把毕生心血都奉献给了敦煌艺术的常书鸿离开了人世，但是他为敦煌艺术所做出的不朽的开拓性贡献，不仅镌刻在莫高窟这座艺术宝库的丰碑上，也将永远铭记在有良知的人们心中。

永远的敦煌学

在中国古代，曾经有两次文物典籍大发现，那就是汉代的孔壁古文和晋代的汲冢竹书。到了19世纪末至20世纪初，中国文物典籍又有了几次大发现，即河南安阳殷墟甲骨、西陲汉晋简册、明清两朝内阁大库档案和敦煌藏经洞文书。这些文物典籍的发现，尤其是敦煌藏经洞文书的发现，不仅震动了中国学术界，也引起了国外学术界的关注与研究，并由此在世界范围内形成了一门新的学科——敦煌学。众所周知，作为一门学科，其必然要有一个严密的内在体系。那么，敦煌学是否如此呢？果如此，该为敦煌学如何定义，敦煌学的发轫情况又如何，它是否如一些学人所言"敦煌在中国，敦煌学在世界"呢？

记得对敦煌深有研究且学贯中西的周一良先生曾在王重民《敦煌遗书论文集》序中这样写道：

敦煌资料是方面异常广泛、内容无限丰富的宝藏，而不是一门有系统成体系的学科。如果概括地称为敦煌研究，恐怕比"敦煌学"的说法更为确切，更具有科学性吧。

后来，周一良先生在《何谓"敦煌学"》一文中进一步指出：

从根本上讲，"敦煌学"不是有内在规律、成体系、有系统的一门科学，用固有名词构成的某某学又给人不太愉快的联想，所以最好就让它永远留在引号之中吧。

周一良

周一良（1913—2001年），字太初，出生于安徽建德（今东至县），中国历史学家、魏晋南北朝史研究学者。

  诚如斯言，敦煌学确实不是一门成系统的学科，但是它又确实存在着自己的一套研究方法和独特的研究对象，仅此，敦煌学作为一门学问的存在则并无不可。所以，尽管周一良先生的见解颇有见地，但是并不妨碍"敦煌学"成为世界范围内一种约定俗成的称谓。当然就其本色而言，敦煌学也非诸多学科的简单混杂，而是有着一条极为鲜明的主线，这就使众多的敦煌学研究者和爱好者聚集在这面旗帜下，并骄傲地自称"是敦煌学的人"。既然如此，我们就将这门因敦煌而串联起来的学问称为"敦煌学"吧。不过，如果要为敦煌学下一个定义的话，很显然是不科学的说法，那么何谓"敦煌学"呢？

  对此，我们如果从史学大师陈寅恪先生在《陈垣敦煌劫余录序》的上下文来看，他所说的敦煌学是指对敦煌藏经洞出土文书的研究。很显然，陈寅恪先生所谓的敦煌学，其研究范围实在是有些狭窄了。而另一位著名的敦煌学家姜亮夫先生，因为将敦煌地区所有发现的汉简、纸绢，以及长城砖石、寺庙旧物等一切杂品都划归敦煌学范畴，则又将敦煌学的范围扩得太大了。所以，有关学者专家便综合两者之言，并根据一门学科之内在规律，以及敦煌学本身所蕴藏有密切关联的体系等，从而给敦煌学下了这样一个定义，即：指以敦煌遗书、敦煌石窟艺术和敦煌学理论为主体，兼及敦煌历史和地理为研究对象的一门学科。

确实，敦煌学定义难下，其涉及的研究范围也十分庞杂，诸如大凡中国中古时代的宗教、民族、文化、政治、艺术、历史、地理、语言、文字、文学、哲学、科技、经济、建筑、民族关系和中西交通等，几乎都可以通过利用敦煌学资料纠正前人舛误或填补某些空白，因此将敦煌学比喻为"学术的海洋"，应该不是什么信口雌黄的浮夸之词。既然敦煌学如此博大精深，那么它的研究又是如何发轫的呢？

毫无疑问，敦煌学之发轫应该由敦煌遗书率先引起，因此我们不能不将读者的阅读视线拉回到敦煌遗书发现之初，因为一门学问的研究是从它最初被发现时就已经开始了。确实，最早接触敦煌遗书的学者，也就是前面提到的那位甘肃省学政叶昌炽，这位一生以辑录和校勘古佚书、古碑刻为最大嗜好的金石学家，当他于清光绪二十九年（1903年）收到敦煌县知县汪宗瀚寄呈敦煌遗书中的几件碑拓，以及《水陆道场图》绢画和4卷唐人《大般涅槃经》之后，便在日记中对其进行了记录、考订和研究。第二年，叶昌炽又亲自来到酒泉进行考察，并从汪宗翰和王宗海处得到绢本《水月观音像》《地藏菩萨像》及写本《大般若经》和《开益经》等。随后，叶昌炽对这些绢本和写本均有所考订，还将其见闻和考订都写进他的著述《语石》和《邠州石室录》中。由此可见，叶昌炽应该算是敦煌学发轫研究的第一人。

而第一位公开发表有关敦煌学文章者，就要数罗振玉了。宣统元年（1909年）9月，当罗振玉在北京苏州胡同伯希和寓所内观看、抄录敦煌遗书时，一边敦促朝廷学部下令甘肃地方当局封存依然留存在藏经洞中的敦煌遗书，一边着手对从伯希和处抄录的内容进行考证和校勘，随后编撰成《敦煌石室遗书》由诵芬室刊印发行。在这部《敦煌石室遗书》中，不仅收录有罗振玉本人对敦

煌遗书考订的文章，还有蒋黼的《沙洲文录》和曹元忠的《沙洲石室文字记》等以序跋形式考证敦煌沙洲史事的文章。这应该算是中国学者研究敦煌遗书最早公开发表的一批学术成果。

而最早出版敦煌遗书研究专著的，则是罗振玉的老朋友日本人藤田剑峰。宣统二年（1910年）8月，始终跟随在罗振玉身边的藤田剑峰以《敦煌石室遗书》为底本，参照罗振玉的《校录札记》，撰写并在北京印行了《慧超传笺释》一书。对此，曾就职于北京大学出版社的刘方女士认为，这应该是以敦煌文献为研究对象最早发表的一部专著。

另据曾任上海辞书出版社社长兼总编辑的李伟国先生在《敦煌话语》一书中所说：

如要说最早在刊物上发表敦煌学论文的学者，可能是刘师培。刘氏江苏仪征人，1911年在《国粹学报》第7卷第1至8期发表《敦煌新出唐写本提要》19篇，所据也是伯希和所得敦煌写卷。

好在李伟国先生在这里用了"可能"两个字，否则就要埋没罗振玉最早在刊物上公开发表相关文章的头筹了。因为早在宣统元年（1909年）罗振玉就撰写了《莫高石室秘录》(疑是《鸣沙山石室密录》)一文，并于当年发表在《东方杂志》第6卷第11和12期上，虽然这不是纯粹的学术著作，但是其中考订色彩并不比刘师培那《敦煌新出唐写本提要》19篇论文逊色。

除李伟国先生外，还有赵和平先生对王国维敦煌学研究的评说：

早期研究敦煌学最有成就的除了上述叶、罗、刘3位外，还有大学者王国维，他在敦煌学研究方面的成就可以说还在上述3位之上。

王国维

　　王国维（1877—1927年），初名国桢，字静安、伯隅，初号礼堂，晚号观堂，又号永观，谥忠悫。浙江省海宁州（今浙江省嘉兴市海宁）人。中国近现代一位享有国际声誉的著名学者。

　　在这里，我们姑且不论赵和平先生为何只提出"叶、罗、刘"3位中国学者而忽视日本学者藤田剑峰，单是说王国维在敦煌学研究方面的成就在这3位之上的这一评价，倒也是客观公正的。因此，在这里我们既然要谈敦煌学之发轫，就不能忽视王国维对敦煌学发轫之贡献。那么，王国维在敦煌学发轫方面到底有何研究成果呢？

　　在解析王国维在敦煌学研究领域的卓越成果之前，我们不妨先引录王国维于民国十四年（1925年）暑假时应清华大学学生会邀请所作题为《最近二三十年中中国新发见之学问》这一公开演讲稿中的一段话。在这次讲演中，王国维将"最近二三十年中中国新发见之学问"归纳为"殷虚甲骨文字"、"敦煌塞上及西域各地之简牍"、"敦煌千佛洞之六朝唐人所书卷轴"、"内阁大库之书籍档案"和"中国境内之古外族遗文"这5个方面。其中，关于敦煌遗书王国维这样说道：

　　汉晋牍简，斯氏（斯坦因）均由人工发掘得之，然同时又有无尽之宝藏于

无意中出世，而为斯氏及法国伯希和教授携去大半者，则千佛洞之六朝及唐五代宋初人所书之卷子本是也。千佛洞本为佛寺，今为道士所居。当光绪中叶，道观壁坏，始发见古代藏书之窟室。其中书籍居大半，而画幅及佛家所用幡幢等亦杂其中。余见溵阳端氏（端方）所藏敦煌出开宝八年灵修寺尼画观音像，乃光绪己亥所得。又，乌程蒋氏（蒋汝藻）所藏沙洲曹氏二画像，乃光绪甲辰以前叶鞠裳（昌炽）学使视学甘肃时所收。

在这里，王国维提到自己从"溵阳端氏"和"乌程蒋氏"两人处见到了从敦煌流散出来的一些散件，虽然没有说明他是何时得见这些散件的，但"溵阳端氏"（端方）所藏的"开宝八年灵修寺尼画观音像"则是"光绪己亥所得"，也就是光绪二十五年（1899年），这个时间竟比道士王圆箓发现敦煌遗书的时间还要早，想来这一散件虽不属于敦煌遗书，但王国维明确地说明是由"敦煌出"，这就表明王国维关注敦煌出土古物的时间要早于敦煌遗书发现之时。另外，"乌程蒋氏（蒋汝藻）所藏沙洲曹氏二画像"，王国维也明确地说明是在"光绪甲辰以前"从那位甘肃学政叶昌炽手中所出，光绪甲辰即光绪三十年（1904年），这个时间也要比敦煌遗书被押运到北京早得多。由此可知，王国维对敦煌遗书的研究并非局限于伯希和所得，这很显然对他撰写敦煌学发轫之作有一定的优势。

当然，以王国维独特而深邃的学术视角，他对一门新兴学问的研究向来不同于别人，他总是高屋建瓴、独辟蹊径。例如，在宣统元年（1909年）9月王国维与罗振玉等人一同观看、抄录伯希和所得敦煌遗书时，他不仅与罗振玉等人一起积极地校勘和研究这些敦煌写卷，还撰写了《唐写本敦煌县户籍跋》《敦煌发现唐朝之通俗诗及通俗小说》《唐诸家切韵考》等大量论文，其内容涉及制度史、宗教史、俗文学、西北历史地理和古音韵学等诸多方面，且论述深度都达到当时的最高水平。关于王国维在敦煌学研究领域中，将其视角扫射到他

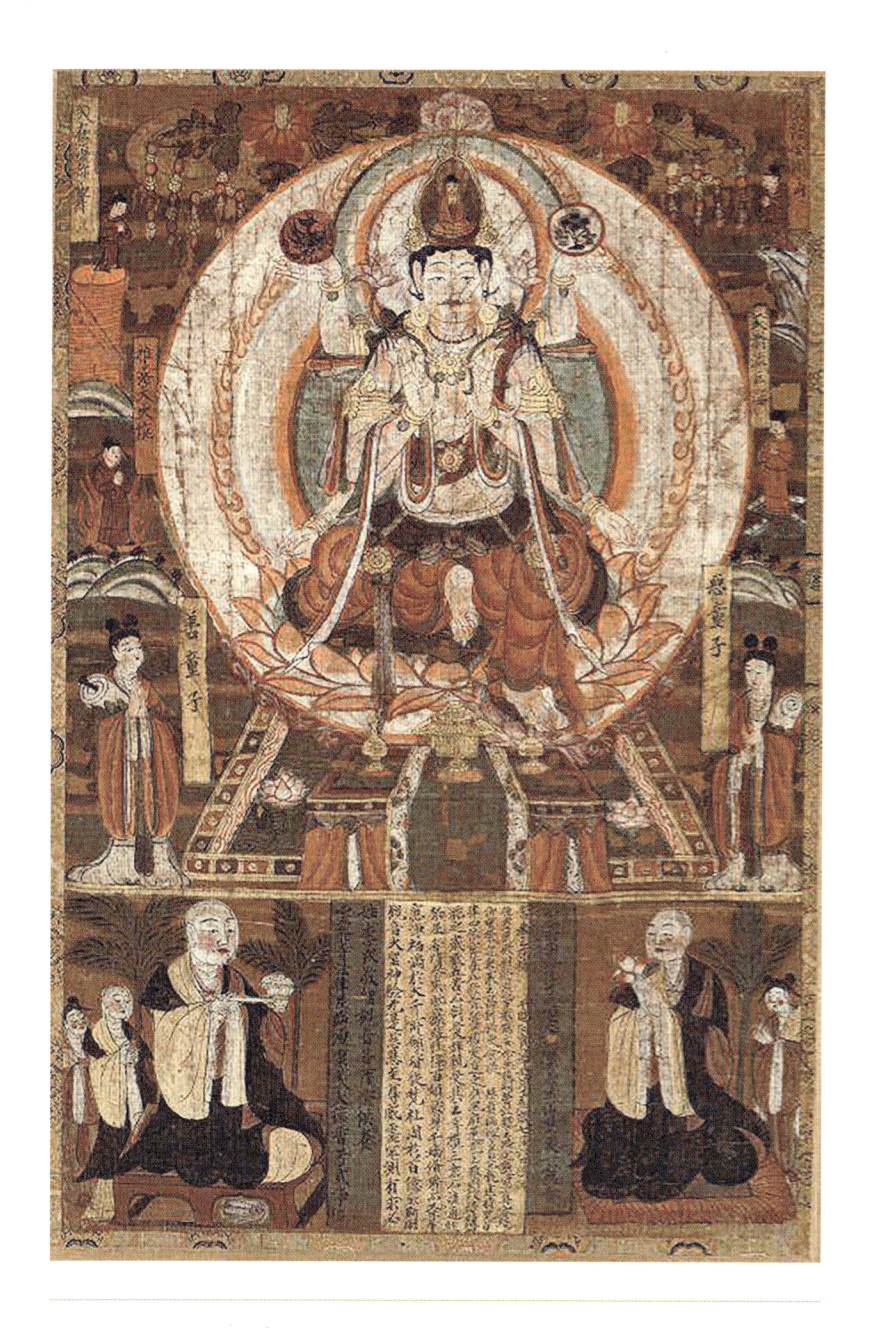

开宝八年灵修寺尼画观音像

　　此乃端方旧藏,上有端方幕僚王瓘光绪三十三年(1907)元旦题记。1927年入藏于美国波士顿美术馆。

所谙熟的历史、地理和音韵学等方面的成就，因为内容过于庞杂精深非本章文字所能承载，故此下面就王国维在敦煌遗书中对俗文学的研究成果例举一二，以窥见其在这一当时及现在人们都不太重视之领域中的突出成就。

确实，王国维研究敦煌遗书实在是与众不同，他没有像那些守旧学者那样只将目光习惯性地盯在参证正史等方面。虽然他也撰写了这方面的学术文章且水准要高人一等，但是他还敏锐地捕捉到一些不为人们所注意或重视的"边角料"，并开拓了敦煌学中一个崭新而有趣的学术研究方向。例如，王国维撰写的第一篇敦煌学文章——《唐写本〈太公家教〉跋》。在这里有必要先说明一下，因为王国维在观看、抄录伯希和所得敦煌遗书之后仅仅几个月的时间内，即宣统二年（1910年）1月他就将斯坦因撰写的《中亚西亚探险谈》(又名《流沙访古记》) 翻译成中文，但这毕竟不是王国维的第一篇敦煌学研究论文，所以他自己记于"辛亥六月"即宣统三年（1911年）7月撰写的《唐写本〈太公家教〉跋》一文，当属王国维正式开始敦煌学研究之作。那么，《太公家教》是怎样一部书，王国维又为什么会选择它作为自己开展敦煌学研究的发轫之作呢？

在民国九年（1920年）第17卷第8期的《东方杂志》上，王国维撰有《敦煌发现唐朝之通俗诗及通俗小说》一文。其中，王国维引录有关于《太公家教》一书作者概况及成书原因的一段原话：

余乃生逢乱代，长值危时，望（亡之讹）乡失土，波逆流离。只欲隐山学道，不能忍冻受饥；只欲扬名后代，复无宴婴之机。才轻德薄，不堪人师，徒消人食，浪费人衣。随缘信业，且逐时之随。辄以讨其坟典，简择诗书，依经傍史，约礼时宜，为书一卷，助幼童儿。

由此可知，《太公家教》应该是由落魄老书生编撰的一部教育儿童的启蒙读物，相当于《三字经》《百家姓》《幼学琼林》等。对此，王国维根据书中

"多用俗语，而文极芜杂无次序"的情况，遂考证说:《太公家教》一书"盖唐时乡学究之所作也"。不过，即便是"唐时乡学究之所作"，王国维也没有轻视《太公家教》，而是认为该"书全用韵语，多集当时俗谚格言，有至今尚在人口者"，即承认其具有一定的教育意义和在当前的研究价值。于是，王国维"辄举其要者"引录了一些，我们不妨也来看一看：

得人一牛，还人一马，往而不来，非成礼也。知恩报恩，风流儒雅。
一日为师，终身为父；一日为君，终身为主。
他篱莫越，他事莫知，他贫莫笑，他病莫欺，他财莫取，他色莫侵，他强莫触，他弱莫欺，他弓莫挽，他马莫骑；弓折马死，偿他无疑。
罹网之鸟，悔不高飞；吞钩之鱼，悔不忍饥。
男年长大，莫听好酒；女年长大，莫听游走。
含血噀人，先污其口；十言九中，不语者胜。
款客不贫，古今实语。
近朱者赤，近墨者黑；蓬生麻中，不扶自直。
凡人不可貌相，海水不可斗量。
勤是无价之宝，学是明月之珠。积财千万，不如明解一经；良田千顷，不如薄艺随躯。
香饵之下，必有悬钩之鱼；重赏之家，必有勇夫。

而正是因为《太公家教》无论在文体方面还是文学成就上，都"决不能与唐人他种文学比矣"等原因，王国维则独具慧眼地将其挑拣出来加以考释，这就好比后来诸多学术大师极为重视民间文学的搜集和研究一样，无论如何也是一种卓尔不凡的学术眼光和勇气。

在《敦煌发现唐朝之通俗诗及通俗小说》一文中，王国维还列举了《秦妇

吟》、《季布歌》、《董永传》、《春秋后语》(其中三阕词)、《凤归云》(云谣集杂曲子)和全用俗语撰写的唐人小说《太宗入冥》等俗文学。除此之外，王国维还对汉朝的文书程式、烽燧制度、边疆官吏的官秩和唐朝的官职制度及其演变、唐朝时敦煌地区统治者的家族情况，以及中国古代重要文书典籍和古音韵学等方面，都有比较深入的研究，甚至弥补订正了史书中的一些缺失和舛误。据初步统计，王国维先后撰写有关敦煌遗书的研究论述近40篇，他对自己的这些研究成果也表示满意，这从他于民国八年（1919年）秋天写的《题敦煌所出唐人杂书六绝句》中可以感知：

一

吏黠民冥自古然，牛毛法令弄犹便。
千秋仁政君知否？不课丁男只课田。
　　　　　　——唐沙洲敦煌县大历四年户籍

二

女主新符出阿师，寻寻遗法付阇黎。
《大云》两译分明在，莫认牟尼作末尼。
　　　　　　　　　　——《大云经疏》

三

虚声乐府擅缤纷，妙语新安迥出群。
茂倩漫收双绝句，教坊原有《凤归声》。
　　　　　　　　　——《云谣集》杂曲子

四

劫后衣冠感慨深，新词字字动人心。
贵家障子僧家壁，写遍韦郎《秦妇吟》。
　　　　　　　　　——韦庄《秦妇吟》

五

圣德圣功古所难，千秋郅治想贞观。

不知六月庚申事，梦里如何对判官。

——《太宗入冥》小说

六

赐姓当年遍属蕃，圣天译语有根源。

大金玉国天公主，莫作唐家支派论。

——于阗国天公主李氏施画地藏菩萨像

由此，我们完全有理由相信王国维已经成为敦煌学发轫者中最重要之一员。而敦煌学有如王国维这样的大学问家参与发轫之后，世界上遂有诸多专家学者参与了这门新兴学问的研究，并使其逐渐成为一门国际性显学。那么，敦煌学到底有何魅力呢？

敦煌学之可珍可贵，首先在于它所拥有的丰富资料。敦煌出土的5万卷纸本文献，是汉民族文献及古民族文献的宝库。其中，敦煌出土的汉文文献，多为我国传世文献所遗缺；敦煌出土的梵文佛经，如今印度已不可得见；敦煌出土的汉文、叙利亚文景教经籍，在基督教盛行的西方也已失传。敦煌一带发现的2万多枚汉晋竹木简牍，内容丰富，价值巨大，且今后还陆续有新的发现。敦煌莫高窟则是中国伟大的古代美术陈列馆，也是举世公认的世界古代艺术宝库。敦煌古郡境内（包括敦煌、安西、肃北、阿克塞4个县市）保存有且经认定的40多处古代文化遗址，还有数不清的古代遗址、遗物，有的初露峥嵘，而多数蓄势待发。其中，埋藏在地下的累千上万座古代墓葬，更是一部生动丰富、与现实世界互为映衬的地下世界的延绵历史。总而言之，敦煌保存的资料，既有文字的，又有图像的；既有可以观览触摸的客体实物，也有可以心领神会的精神意象。敦煌学就是在上述丰富遗存的基础上成长起来的学问。通

过它，人们可以具体地窥探一个边远地区的历史、社会、民族、宗教、民风、民俗、文化、治乱，大到宏观世界，小到细枝末节，无所不备，人们可以从中学到已经湮没的知识，获得有益的启迪。在史学、文学、美术、佛教、社会、民俗、水利、生态变迁等方面，敦煌资料都曾填补不少空白，还有许多学科部门，例如法制史、会计史、石油史、计量史、货币史乃至商业广告史等，敦煌资料也可以提供意想不到的帮助。敦煌学的成果，为人们提供了一个立体展现的、绵延悠久而又已经消失了的社会、历史、文化典型，这样的典型对于研究中国古代社会具有难得的切片意义。中国及世界各国历史上轰轰烈烈、波澜壮阔的文明演进，只留下了简略模糊的轮廓，历史学家、考古学家费尽周折也仅能略窥历史的背影，粗知其大概，难得触摸到历史脉搏跳动的强弱疾缓，无从感知其呼吸声謦之粗细匀喘，无法窥见其盛衰变化的细枝末节。而敦煌学恰恰为人们打开了这样一面极为难得的窗口与通道，让人们可以走进历史的敦煌，触摸历史的敦煌，立体地感知历史的敦煌，进一步利用敦煌的感知，去感悟和忖度历史的中国、历史的世界。它的光谱系数，具有特殊的认识价值、参考价值、科学价值。当今能够像敦煌这样从古到今立体地展示某一特定地区的社会风貌、文化图景及文明程度者，中国唯此，世界也唯此而已。这不仅是敦煌的荣耀，也是中国的荣耀，是敦煌学之所以成为当今世界显学的基本缘由之一。既然敦煌学已经成为一门国际性的显学，那么它是否如一些学者所言"敦煌在中国，敦煌学在世界"呢？

对此，早在20世纪80年代时任敦煌研究所所长的段文杰先生，就在一次国际学术会议上郑重地告诉人们说："过去，有人说：'敦煌在中国，而敦煌学研究则在国外。'现在，我可以告诉大家，这种说法已经成为过去！"那么，段文杰先生是何许人也，他凭借什么在敦煌学的国际性学术会议上有此掷地有声之发言呢？

段文杰，1917年8月生于四川绵阳，1945年9月毕业于成都国立艺专国画

段文杰

段文杰（1917—2011年），四川省绵阳市人，曾任敦煌艺术研究美术组组长、敦煌研究院院长、中国美术家协会甘肃分会副主席、敦煌研究院名誉院长。

专业，此后在甘肃兰州社会服务处职业介绍组工作，1946年7月调入国立敦煌艺术研究所任考古组代组长、助理研究员，从此与敦煌、敦煌学结下了终身之缘。1980年，段文杰担任敦煌文物研究所所长，那时世界敦煌学研究已经取得了很大进步，而中国则还处于恢复发展阶段，因此有日本学者说："敦煌虽在中国，但敦煌学的研究在日本。"段文杰闻听此言，心里十分难受，他决心奋力直追，要在研究上超过外国人。于是，他吸取研究所以往只重临摹不重研究的教训，花费很大力气来抓全所的研究工作。为了加强研究力量，他从内地招聘一批中青年研究人员，并热情地鼓励大学生和研究生来敦煌工作。在短短的几年时间里，研究人员增加了1倍多，在石窟艺术和石窟考古领域取得了显著的成果。20世纪80年代初，荟萃了全所最新研究成果的《中国石窟·敦煌莫高窟》5卷本大型图录及研究丛书由中国文物出版社和日本平凡社出版后，随即在国内外学术界引起强烈反响。1983年，敦煌文物研究所召开了第一次全国性的敦煌学讨论会议，同年由敦煌文物研究所主办的全国第一家敦煌学专

段文杰在临摹壁画

业期刊——《敦煌研究》正式创刊。1984年，敦煌文物研究所扩建为敦煌研究院，下设4个专业研究所和资料中心、编辑部等部门，成为世界上规模最大、学科最全的敦煌学研究机构。从此，敦煌研究院连年在国内外举办敦煌壁画展览和各种学术交流活动，其中还于1987年和1990年主办了两次国际学术讨论会，进一步显示出了敦煌研究院的实力。对于敦煌学来说，20世纪80年代确实是不同寻常的年代，北京大学、兰州大学、杭州大学等著名高校相继成立敦煌学研究机构，一个全国性的学术组织——"中国敦煌吐鲁番学会"也在1983年宣告成立，全国范围内的"敦煌热"很快掀起了高潮，各种各样的敦煌学著作相继出版，反映出中国学者在敦煌学各个领域的新成果。比如，20世纪80至90年代段文杰先生相继发表了数十篇相关论文，对敦煌艺术各个方面进行了系统研究，1987年出版专著《敦煌石窟艺术论集》，随后他作为《中国美术全集》中敦煌艺术部分的3卷、《中国壁画全集》中敦煌艺术部分的3卷、《中国壁画全集》敦煌壁画部分10卷的主编，组织研究人员对敦煌艺术做了全面介绍和深入研究，这些成果出版后均获国家级的图书奖。进入20世纪90年代后，年逾古稀的段文杰主持大型丛书《敦煌石窟艺术》30卷本的编纂工作，使中国的敦煌学研究走在了世界前列。

而当时间进入新的历史时代，敦煌学还能否成为世界学术的潮流，这是一个值得深思的问题。毋庸置疑，敦煌写本的编目、整理、校录、考释和敦煌学的个案研究，仍将在21世纪持续下去，而且会做得越来越精细，但是从敦煌学的资料来看，还有不少可贵之处没有得到充分发掘，即便从大文化的角度来审视，也还有不少新的课题等待开拓。不过，无论如何，敦煌学的魅力是永恒的，敦煌学的价值也是永久的。

散落在沙漠里的传说

在敦煌这片神奇的土地上，沙漠和绿洲并存，繁华与落寞交替，文明与蒙昧混杂，痛苦与幸福交织……因此，当旨在拯救人类及一切生灵脱离苦海的佛教，从著名的丝绸之路源源传入后，敦煌文明开始变得更加扑朔迷离，当然也变得更加魅力无穷。其中，散落在敦煌沙漠里的佛传故事、民间传说或历史旧事，虽然在敦煌文化研究者那里成为弥足珍贵的珍珠，而在敦煌当地人的街谈巷议中却是那么的耳熟能详。不久前，我们有幸来到这片充满神奇魅力的边陲土地上，从敦煌莫高窟壁画中及人民大众口耳相传间，捡拾到了一串串佛文化和俗文学的珍珠。

◎ 壁画故事

释迦牟尼传记故事

佛教创始人释迦牟尼，姓乔达摩，名悉达多。释迦为种族名，牟尼为尊称，意思为"释迦族的圣人"。敦煌彩塑中有大量释迦牟尼"说法像"，壁画中也有大量"说法图"和"佛传图"，佛传图详细描绘了释迦牟尼生平事迹。由于这是一个长篇传记故事，因篇幅所限，故此只能选择主要情节记述如下。

乘象入胎

古时候，波罗奈国疆域辽阔，物产丰富，人口众多。国王净饭王贤德善良，王后摩耶夫人性情温和，深受百姓爱戴。只是国王夫妇老迈年高，膝下没有儿子，不免忧心忡忡。

一个盛夏的中午，骄阳似火，天气闷热。王后摩耶夫人燥热不安，来到后花园菩提树下的凉亭内乘凉，躺在床上不知不觉睡着了。在甜蜜的梦乡中，她梦见一头白象脚踏白云，飘然而来，一个活泼可爱的小男孩坐在象背上笑着。白象从天空徐徐而降，落在床前，小男孩突然从象背上跳下来，从右肋下钻进夫人的胎中。这时，白象大吼一声，踏

乘象入胎

莫高窟第290窟窟顶人字披东披壁画，北周时期绘制。

着白云上了天。王后猛然惊醒,把梦中之事告诉了净饭王。国王不知吉凶,请来一位相师圆梦。相师说:"小孩乘象入胎,是瑞祥之兆。恭喜王后身怀喜孕,恭喜国王有了太子!"国王听后大喜,重赏相师。

树下诞生

王后真的怀孕了,自觉心情舒畅,食欲大增。净饭王愁眉换作笑脸,对王后更加关心。

这一年四月初八,怀胎十月的王后挺着肚子即将分娩。她为了解闷,信步来到后花园散心。她站在枝繁叶茂、树冠如伞的菩提树下,只见园中各种鲜花争奇斗艳,花间蝴蝶飞舞,树上百鸟鸣唱,池中碧波荡漾,荷花含苞欲放……

"啊,真是太美了!"王后抬起右手,抓住树枝,谁知一抬手,胎儿从她的右腋下呱呱出生了。王后高兴极了,只见婴儿生得眉清目秀,体态丰满,十分惹人喜爱。她张开双手想抱一抱刚生下的小宝宝,可那孩子眨巴着水汪汪的大眼睛,竟笑嘻嘻地站了起来,走了7步,脚印上生出7朵美丽的莲花,并一手指天,一手指地说:"天上天下,唯我独尊!"这时,天上飘下一位仙女把小太子轻轻抱起,放在凉亭的象牙床上。天上飞来9条龙喷吐香水为太子洗浴,即"九龙灌顶"。王后抱着儿子,坐着蛟龙拉的车回到王宫。飞天仙女从空中撒下美丽的鲜花,伎乐天神奏起悦耳动听的乐曲,诸神护送。早有人将喜讯报知净饭王,国王自觉喜不自禁,与文武百官、各界人士列队出迎。国王亲手抱着儿子走进神庙跪拜天神先祖。相师为其子取名悉达多。从此四月初八为释迦牟尼诞辰,俗称"浴佛节"。从神庙回宫,一路上百姓载歌载舞,隆重欢庆。国中出现了枯树生枝、浊流澄清、羊生双羔、马下双驹、地生莲花、刑狱废弛、树神出现等33种祥瑞。国王欢喜无比,选了吉日,正式册立悉达多为太子。

树下观耕

  谁知乐极生悲，在一片欢庆声中，不幸的事情发生了。7天以后，王后暴病去世了。国王只好把太子委托给性善心细的姨母抚育。悉达多太子在姨母的精心照料下，转眼长大成人。国王特意挑选了一位满腹经纶的老师教太子读书识礼，选取500名仆人陪太子读书，又请一位武功高超的老师教太子学习武艺。太子天资聪颖，勤奋好学，经过多年刻苦努力，他变得知识渊博，武艺超群，力大无穷。

  阳光温暖，春回大地。一天，太子出城游玩，来到田野。这时候正是种田的季节，太子看到一棵大树绿荫如盖，就走到树下坐下来，看农人种田。太子看见两头老牛喘着粗气拉犁耕地，农夫还不时地用鞭子抽打，只嫌老牛走得慢。犁铧翻起黝黑的

树下诞生

莫高窟第290窟窟顶人字坡东坡壁画，北周时期绘制。

泥土，许多蚯蚓、虫子被翻出蠕动着。一群鸟儿觅食，啄起蚯蚓、虫子饱餐一顿飞走了。太子触景生情，心中难受，站在树下苦苦思索着：老牛辛劳耕作，为何还受皮鞭之苦？蚯蚓为何无故葬身鸟腹？……他回到宫中，这些情景却久久在脑海萦回，他不言不语，心事重重，闷闷不乐。

比武娶妻

太子愁眉苦脸，整日想着众生皆苦的问题，不得其解。为了让太子快乐，国王挑选数百名如花似玉的美女，每天弹奏出动听的音乐，跳起优美的舞蹈，供太子娱乐。可太子还是不高兴，常在僻静处独坐沉思。国王怕他闷出病来，在太子17岁的这一年，决定向邻国花容月貌的裘夷公主求婚。裘夷公主提出，要用比武的方式选择佳婿，因为各国求婚的王子太多了。

这天，公主坐于宫门楼上观看比武。悉达多应约前来参加。他和同来比武的王子们来到城门口，见一头高大肥胖的白象，横在城门中间，阻碍人们进出，且性情粗暴，谁也不敢靠近它。悉达多太子走过去，双手举起大象，扔到城外的空地上。人们掌声齐鸣，赞声不绝。

比武开始，先比相扑。众王子见悉达多太子能举起几千斤重的大象，谁还敢上前比试？接着又比射箭。靶场设在山谷里，每隔一里悬挂着一面大铁鼓，直排共挂7面铁鼓；有个王子首先张弓发箭，只听"嗖"的一声，射穿3面铁鼓，得意地站在一旁。还有个五大三粗的王子，一箭射穿了4面铁鼓，更是自命不凡。太子不慌不忙走了过去，搭箭在弦，运足气力，对准铁鼓，开弓射去，只听"轰轰轰"7声巨响，一箭穿透了7面铁鼓，靶场内外爆发出雷鸣般的喝彩声。太子获胜，将珠璎掷与裘夷，娶她为妻。太子又用猜指环的方法纳了耶输为妃子。裘夷和耶输聪明美丽，温柔贤惠，常给太子宽心，劝慰他不要愁眉苦脸，应高兴欢乐才对。可是太子仍然痴呆如醉，对美女爱妃全然不理不睬，晚上单独入睡，好像根本没有夫妻这回事。国王见太子娶妻纳妃后还是个

高兴，更加焦虑不安起来。

箭射七鼓

莫高窟第290窟窟顶人字披西披壁画，北周时期绘制。

出游四门

太子在深宫住腻了，要出去游玩。这一天，他乘上七宝彩车，前呼后拥出东门而去。太子一路上观看田野美景，感到新鲜。正走着，看见一位面容憔悴、脊背佝偻、白发苍苍的老人，拄着根木棍，颤颤悠悠地在路旁走着。

"这是位什么人？"太子问侍从。

"这是老年人。"

"什么叫老年人？"太子不解地问。

"禀太子，婴儿长大后成为青年，随着岁月的流逝，会变成中年。到了老年以后，力衰体弱，两鬓如霜，像太阳落山一样，生命就要终止了。"

太子听后，心情沉重，无心游玩，便令驱车回宫了。

过了几天，太子又要出游。国王心想，前次出

东门，太子回来心事重重，这次叫他出南门看看，也许能解心中烦闷。于是，太子在侍从的护卫下出了南门。七彩宝车走了不远，他看见路边躺着一个面黄肌瘦、身穿破烂衣衫的人在痛苦地呻吟着，问："这是什么人？"

"这是一个病人。"侍从回答。

"生的什么病？"

"看样子得了伤寒，又像是经常吃不饱，冻饿而病的。"

"病人在此无人照管，太可怜了！"太子心想。他又郁郁不乐地回宫了。多少天来，病人痛苦的呻吟声萦绕在他的心头。

过了几个月，太子又想出游了。国王怕儿子再遇上什么伤感之事，就让他出西门去玩。

太子乘车出了西门，心情十分轻松，一路上和侍从说说笑笑，倒也快活。正走着，太子发现路边的土坡上躺着一具尸体，脓血流淌，恶臭扑鼻，使人恶心呕吐。太子捂着鼻子问："这也是病人吗？"

"不是，是一具尸体。"

"因何而死？"

"说不清楚。也许是病死、饿死、老死，反正人生一世，难免一死，谁知他竟死得这样惨！"

太子从未见过尸体，不免心中有些恐惧，无心再游，返回宫中。常默默地沉思："人一生经历的灾难病苦太多了，若能脱离这些病苦该多好！"

国王见太子3次出城去游玩，都碰到不愉快的事情，使太子愁上添愁，如果出北门能看歌舞升平的美好景象，他肯定会高兴的。

时隔不久，太子又想出游。国王让他出北门，看沿途早已布置好的太平景象。

太子这次骑马出了北门，见沿途绿树成荫，房舍齐整，来往行人穿戴一新，面带笑容，不觉疑虑重重，为什么北门外的风光这样美，百姓这样欢乐

呢？他边走边看边想，不觉来到一片浓荫蔽天的树林边，便下马走进林中乘凉。

树下问道

太子在树下乘凉，林木深处走来一位童颜鹤发的长者，一手托金钵，一手持锡杖，目不斜视，脚下生风，转眼来到面前。太子见此人相貌不凡，便肃然起敬，忙上前施礼，问："长者请留步，请问你是何人？"

"我是比丘。"长者回答。

"请问比丘是什么人？"太子奇怪地问。

长者打量着太子，慢条斯理地说："念你诚心实意请教，便开导于你。世上之法，皆是无常，我

路遇老人

莫高窟第290窟窟顶人字披西披壁画，北周时期绘制。

能以真道破除生死之根本。只要苦修守戒，息灭贪欲，不触色、声、香，脱离老、病、死、苦，就能达到彼岸，故名比丘。"话音刚落，飘然而去。

太子望着长者的背影，高兴地说："这是天神来为我指点迷途，只要能脱离老、病、死、苦，我就修道。"他回宫后，日夜思想长老的妙言玄语，时刻念着脱欲为僧，长修正果。

逾城出家

光阴如梭，转眼太子30岁了。一天，太子请求国王说："父王，我思索多年，还是入山修行才是正道，请答应我的要求吧。"

国王伤心地说："孩子啊，宫中饭来张口，衣来伸手，荣华富贵，享受不尽。修行风吹日晒，食不果腹，苦不堪言，你为什么要走这条路呢？再说，你走了，谁来继承王位呢？"

逾城出家

莫高窟第290窟窟顶人字披西披壁画，北周时期绘制

太子见父王不答应，闷闷不乐地走开了。

净饭王知道太子任性，认定的事非干不可，怕他偷偷进山，就命令500名将士严守王城四门不许太子出城，又让二位妻妃寸步不离太子，劝解他回心转意。

这一年二月初八的深夜，王宫里所有的人都昏昏入睡，二位妻妃也进入了梦乡。太子悄悄起来，穿好衣服，轻手轻脚地牵出一匹红毛骏马，骑上往城门口奔去。城门紧闭，若唤士兵开门就会惊动全城。太子正在为难之际，突然四大天王从天而降，各自抬起一只马蹄，腾空而起，迅速逾出王城。

太子夜半逾出王城，来到仙人苦修的山林中，东奔西跑，踏遍了山山水水，终于选定伽阇山的鹿野苑密林，苦行修炼真道。

再说王宫中，自从太子夜半逾城出家之后，城内乱作一团，国王令将士寻找太子，可是找遍山林寺院也未见踪影。

得道成佛

正当王城如一团乱麻的时候，太子在伽阇山一心修道。他结跏趺坐，沉静不语，饿了吃口麻麦粉，渴了喝口山泉水。鸟儿在他头上筑巢，野花在他身旁开落，阳光晒黑了他的皮肤，雨水浸湿了他的衣服。在天神的暗中保护下，他度过了好多年，可身体一天不如一天，瘦得皮包骨头，在泉水中一照，自己都认不出自己。他思忖道："如果忍饥挨饿，将身体累垮，今后怎么继续修道呢？要想修行成佛，就得多吃点儿东西，保养好身体。"于是，走兽献来的乳汁，他开始喝了；飞禽献来的鲜果，他也吃了。这样，身体才强壮起来。

也不知过了多少个寒冬酷暑，悉达多太子经过苦修苦炼，终于修成了正果。这天，他在河里洗浴完毕，天神就给他送来了金光袈裟，悉达多穿在身上，顿觉心情舒畅，神采焕发。他慢步来到菩提树下，只见乐土上面长满了吉祥草，草丛中设有菩提座，八万诸天在这里各自设有金刚狮子座。悉达多结跏

跌坐在菩提座上，金光万丈，照耀着大地。

谁知金光照进了魔鬼窟，魔王做了32种噩梦，梦见悉达多菩萨要成佛了，他又惊又怕，又气又恨，咬牙切齿地派出所有魔鬼千方百计地去阻止他成佛。

这天，悉达多在菩提树下的菩提座上端身静坐，潜心默诵佛经。魔王先让魔鬼变成千姿百态的美女，在他面前卖弄风骚，百般献媚，可悉达多双目紧闭，口念真经，岿然不动。

妖女难以诱惑悉达多，魔王恼羞成怒，亲自率领魔鬼张牙舞爪、杀气腾腾地想把他置于死地。谁知悉达多的莲花宝座有佛光罩护，魔王难以近前，只得怏怏而归。

悉达多降伏了魔鬼之后，又默默地坐在菩提树下继续苦修苦炼。

在十二月初八这天，只听大地震响，天鼓自鸣，飞天仙女撒下鲜花，奏起仙乐……悉达多终于得道成佛了。他的心不受善恶之情所动，彻底抛弃了淫、怒、痴、迷等念头，再也没有生死忧患了。

释迦牟尼传记故事绘于敦煌莫高窟第290窟窟顶前部人字披东、西两披，各分3层连续描绘了佛传故事中的87个情节，组成了一幅长达27.5米的长卷连环画。当然，这是莫高窟绘制最早、保存最完整、规模最大、内容最丰富的故事画，是中国也是世界上现存早期石窟壁画中最完好的一幅佛传故事画。

九色鹿的故事

古时候，在一座景色秀丽的山中，有一只鹿，双角洁白如雪，浑身是9种鲜艳的毛色，漂亮极了，人称"九色鹿"。

这天，九色鹿在河边散步。突然，一个人抱着根木头顺流而下，在汹涌的波浪中奋力挣扎，高呼："救命啊，救命啊！"美丽善良的九色鹿不顾自己安危，跳进河中，费尽九牛二虎之力，终于将落水人救上岸来。惊魂未定的落水人名叫调达，得救后频频向九色鹿叩头，感激地说："谢谢你的救命之恩，我对天起誓，永做你的奴仆，为你寻草觅食，终身受你的驱使……"

九色鹿打断调达的话说："你的心意我领了，但我救你并不是让你来做我的奴仆。快回家与亲人团聚吧。你只要不向任何人泄露我的住处，就算是知恩图报了。"

调达又起誓说："恩人请放心，如果背信弃义，就让我浑身长疮，嘴里流脓！"说完，千恩万谢地走了。

这个国家的王妃，妩媚动人。有一天梦到了毛色九种、头角银白的九色鹿，遂突发奇想：如果用此鹿的皮毛做件衣服穿上，我定会显得更加漂亮！

鹿本生故事（局部）
此壁画位于莫高窟第257窟西壁，出自"九色鹿本生"前半段，北魏时期绘制

于是，她娇嗔地对国王诉说了美梦，要国王立即捕捉九色鹿，不然就死在他面前。

国王无奈，只好张贴皇榜，悬重赏捕鹿，有知九色鹿行踪或捕获者，赠国土一半，并用银碗装满金豆，金碗装满银豆作为重赏。调达看了皇榜，心中暗喜：我发大财的机会到了。虽然我对鹿立下誓言，但它毕竟是个畜生，怕什么？于是，调达揭了榜文，进宫告密，说自己知道九色鹿居住的地方。国王闻言大喜，调集了军队，由调达带路，浩浩荡荡地前来捕捉九色鹿。

山林之中，春光明媚。九色鹿在开满红花的草地上睡得正香。突然，好友乌鸦高声叫喊道："九色鹿，快醒一醒吧，国王的军队捉你来了！"九色鹿从梦中惊醒，起身一看，自己已处在刀枪箭斧的包围之中，无法脱身。仔细一看，调达站在国王旁

鹿本生故事（局部）

此壁画位于莫高窟第257窟西壁，出自"九色鹿本生"后半段，北魏时期绘制。

边，便明白了。九色鹿心想：我即使死也要把他的丑恶嘴脸公布于众。于是，它毫无惧色地走到国王面前，问："大王，你是怎么知道我的住处的？"

"是他告诉我的。"国王指着调达说。

"你知道吗？"九色鹿说，"这个人在河中快要淹死时，是我救了他，他发誓不暴露我的住地。谁知道他见利忘义，反复无常。圣明的陛下，你竟然同一个灵魂肮脏的小人来滥杀无辜，这岂不辱没了你的英名？"

此时，调达无地自容，身上长满了烂疮，嘴里流出了脓血，臭不可闻，遭到了报应。

明白了事实真相，国王非常惭愧，斥责调达背信弃义，恩将仇报，传令收兵回宫，并下令全国臣民不许伤害九色鹿。

王后没有得到九色鹿的皮毛，又羞又恨，最后活活气死了。

此故事绘于敦煌莫高窟第257窟的西壁，是莫高窟最完美的连环画式本生故事画。画面从两头开始，中间结束，线索清晰，中心突出，层次分明，构图严谨，是北魏时期经典的绘画作品之一。

五百强盗成佛

从前，在古印度南部有个侨萨罗王国，国中出了500个强盗，占山扎寨，拦路抢劫，打家劫舍，杀人放火，无恶不作，商客游人和地方百姓深受其害。地方官员多次用兵，却不能铲除这帮悍匪，无奈之下，只好报知国王，国王派精兵良将前来征剿，经过激烈的战斗，五百强盗战败，全部当了俘虏。

国王决定，对人们恨之入骨的五百强盗处以酷刑。这天，刑场戒备森严，杀气腾腾，兵士手持尖刀将赤身裸体、披头散发、捆在刑柱上的强盗双眼全部挖掉，有的还割掉鼻子、耳朵，然后放逐到荒无人烟的深山老林中。这座山

谷林木苍苍，狼嗥虎啸，阴风阵阵，这五百强盗身无寸缕，饥寒交迫，无不悲愤欲绝，他们绝望地号叫，撕心裂肺。

凄惨的呼叫声传遍四野，也传进了佛祖释迦牟尼的耳朵里，当他知道这是五百强盗在生死线上挣扎呼救后，便用神力送来香山妙药，吹进了五百强盗的眼眶，霎时五百强盗个个双眼重见光明。随后，释迦牟尼亲临山谷，给五百强盗讲经说法："正是你们以前作恶多端，才有今天的苦难。只要洗心革面，弃恶从善，皈依佛门，就能赎清罪孽，修成正果，脱离苦海，进入极乐世界。"众强盗听了佛祖的教诲后，俯首悔过，口称尊师，成了佛门弟子。从此，山谷中的森林被称作"得眼林"。很

五百强盗成佛（局部）
此壁画位于莫高窟第285窟南壁，西魏时期绘制。

多年后，当年的五百强盗终于修成正果，成为五百罗汉。

　　这个故事画绘在敦煌莫高窟第285窟南壁，是莫高窟西魏时期最大的一幅故事画，也是最早的因缘故事画。其手法采用横卷式直线型构图，以8个并列画面，表现了故事发生、发展到结束的全部内容。一开始就是激烈的战争场面，以5人代表五百强盗。官兵乘骑铠马，戴盔披甲，手握长枪，与穿布裤麻鞋的强盗厮杀。这个画面是研究古代军事的宝贵资料。然后，画面层层展开，结构紧凑，情节连贯，情景交融，使故事环环入扣，引人入胜。许多细节刻画显示出画家深厚的艺术功力，比如，五百强盗受刑于山林中，个个毛发直立，骨瘦如柴，悲天号地，表现了不幸的遭遇，而周围的黄羊、野兔却无动于衷，并不惊怕，体现了很高明的艺术手法。

阿修罗的故事

　　很久很久以前，大海边上住着一户人家，只有老两口，靠打鱼捞虾过着清贫的日子。眼看他们老了，可还没有生下一儿半女，以后靠谁养活呢？老两口为这事儿成天发愁。老婆婆每天早晚烧香上供，乞求神灵赐一个儿子。一天，老头子驾船出海捕鱼去了，老婆婆在海滩上补鱼网。到了中午，天气闷热，老婆婆跳进海里洗澡，海水太凉快了，她在水中愉快地游着，心里畅快极了，好像变成了个年轻姑娘。正玩得高兴，突然，她觉得一股精气进入了自己腹部。她感到奇怪，就上岸回家了。到了晚上一摸肚子，里面好像长了一个肉瘤，她把这事告诉了老头子，老头子非常高兴，说："这可能是天神显灵，给我们送来了儿子！"果然，老婆婆怀孕了。80天后，她生下一个儿子，这个孩子出世就会说话，老两口给他取名叫阿修罗。别的孩子一年一长，这孩子一天一长，一年就长成了一个身材高大、魁梧英俊的小伙子。过了几年，老头子出海打鱼

遇上暴风雨再也没有回来。老婆婆说什么也不让阿修罗出海打鱼，怕有个闪失，再也见不到儿子。可两张嘴要吃饭呀，靠什么糊口呢？阿修罗有的是力气，便去山上打柴，挑到市上去卖，换几个小钱度日。为了打柴方便，阿修罗就在山坡上盖了间草房，把家从海边搬来，和老妈一块过着贫穷的日子。

他们住的山坡下有一条大河。平常河水清澈见底，阿修罗蹚水过河，去城里卖柴，倒也无事。一到雨季，山洪暴发，河水猛涨，难以蹚过。3天不卖柴，家里就揭不开锅了。阿修罗十分孝顺，哪怕自己挨饿，也要把干粮省下来给母亲吃，哪怕自己挨冻，也要把棉衣给母亲穿。河中若发洪水，阿修罗只好拼命抓牢柴捆，游到对岸去市上卖柴换钱。这样，又过去了好多年。

一天，阿修罗到市上去卖柴，没有人要，一担柴只换回两块饼子。老母亲煮了些野菜，二人正在吃饭，来了一个化缘和尚，饿得骨瘦如柴，有气无力地说："施主呀，快给我一点儿吃的东西吧！我已经3天没有吃饭了。"

阿修罗二话没说，将自己的饼给了他。老和尚三下五除二把饼吃了，又乞求说："好心人呀，这块饼我吃下去，好像没起作用。救人救到底，把那一块饼也给我吃吧！"老母亲也是个大善人，送到嘴边的饼没舍得咬一口，便给了他。老和尚吃完两块饼，又把煮的菜汤喝光，一抹嘴说了几句感谢的话就走了。对此，母子二人毫无怨言，只好又煮了一锅野菜汤充饥。

第二天，阿修罗忍饥挨饿打了一担柴去集市上叫卖，眼看太阳落山了还卖不掉，只好又换了两个烧饼回家。谁知一进屋门，老和尚正和母亲说话呢，阿修罗说："老师傅，你来我家，没什么好吃的招待你，只有这两个烧饼，你吃一个，让我娘吃一个吧。"

老和尚不客气地说："你既然请我吃烧饼，为何只给一个？我一个吃不饱，两个正好。"

"孩子，"老母亲笑着说，"把那个烧饼也给老人家吧。我不吃可以，不能慢待客人。"

两个烧饼又让老和尚吃了。

第三天,阿修罗用一担柴换来的两个烧饼,还是让等在家中的老和尚吃了。老和尚吃完问:"阿修罗,你母子一连3天用野菜充饥,把烧饼给我吃了,难道一点儿都不怨恨我吗?"

"穷帮穷,邻帮邻,你能到我家化缘,是看得起我母子,还怨恨什么呢?"

"如果我长期住下,让你供吃供喝呢?"

"非常欢迎。如果你真能长期住下,我宁可不吃,也不能让你饿着。"

"你真是个好心肠的小伙子。"老和尚说,"你

阿修罗的故事

此壁画位于莫高窟第249窟窟顶西披,西魏时期绘制。西披的中间绘阿修罗王,右侧绘雷公、劈电、迦楼罗、羽人、仙人、鸟兽等,左侧绘风伯、雨师、乌获、仙人、飞天,其间绘有仙人、猿猴、朱雀。

待人心最诚,为了报答你的救命之恩,小伙子,你说吧,有什么要求?什么金银财宝、美女仆人、豪门大院、牛羊骏马都可以有,让你片刻成为此地的大富户。"

"尊敬的老师傅,谢谢你的好意。"阿修罗施礼说,"我并不需要你的报答。钱财乃身外之物,我更加不要,只是我的身材太小,力气太少,打不了多少柴。我要靠自己的双手来生活,你如果让我长一双长腿,我卖柴过河时,就不怕洪水暴发了;你如果让我长4只长长的胳膊,我就能打很多很多的柴了;你如果让我长4只眼睛,我就看得更加远了。今后,我母子吃穿就不用发愁了。"

"好,我满足你的要求。"老和尚拿起水钵,喝了口清水,向阿修罗喷了几口,说声"变",只见水钵变成了木盆,老和尚站在盆中施礼道:"后会有期!"随即说了一声"起",木盆便腾空而起,升天去了。原来,老和尚是辟支佛。

再说阿修罗自老和尚走后,浑身关节乱响,一时三刻,长成了一个头顶天、脚踩地的巨人。他过河,水漫不过脚面,下到海里,最深处的海水也才到他的膝盖下,他还长出了4只眼睛和4条臂膀,伸手可摘到太阳和月亮。这样,他母子都修成了罗汉正果,升入佛国,阿修罗还被释迦牟尼佛祖封为天龙八部护法神之一。

阿修罗和老母亲住进佛国天堂须弥山后,再也不愁吃穿了,过着饭来张口、衣来伸手的快乐生活。又过了好多年,阿修罗才真正长大成神。他看着天上美丽的仙女来来往往,有的撒花,有的奏乐,欢乐无比,无忧无虑,他却闷闷不乐,想着自己的心事。一天,母亲见他双眉紧锁,问:"儿呀,你我来到天堂,还有啥发愁的事呢?"

"母亲,男大当婚,女大当嫁。别的神都成双成对,我也该找媳妇了。"

"儿呀,妈把你的婚事早就放在心里呢。我打听到香山神有个女儿名叫乾闼婆,头发比清水还柔软,容貌比桃花还好看,皮肤比羊脂玉还白嫩,身材比

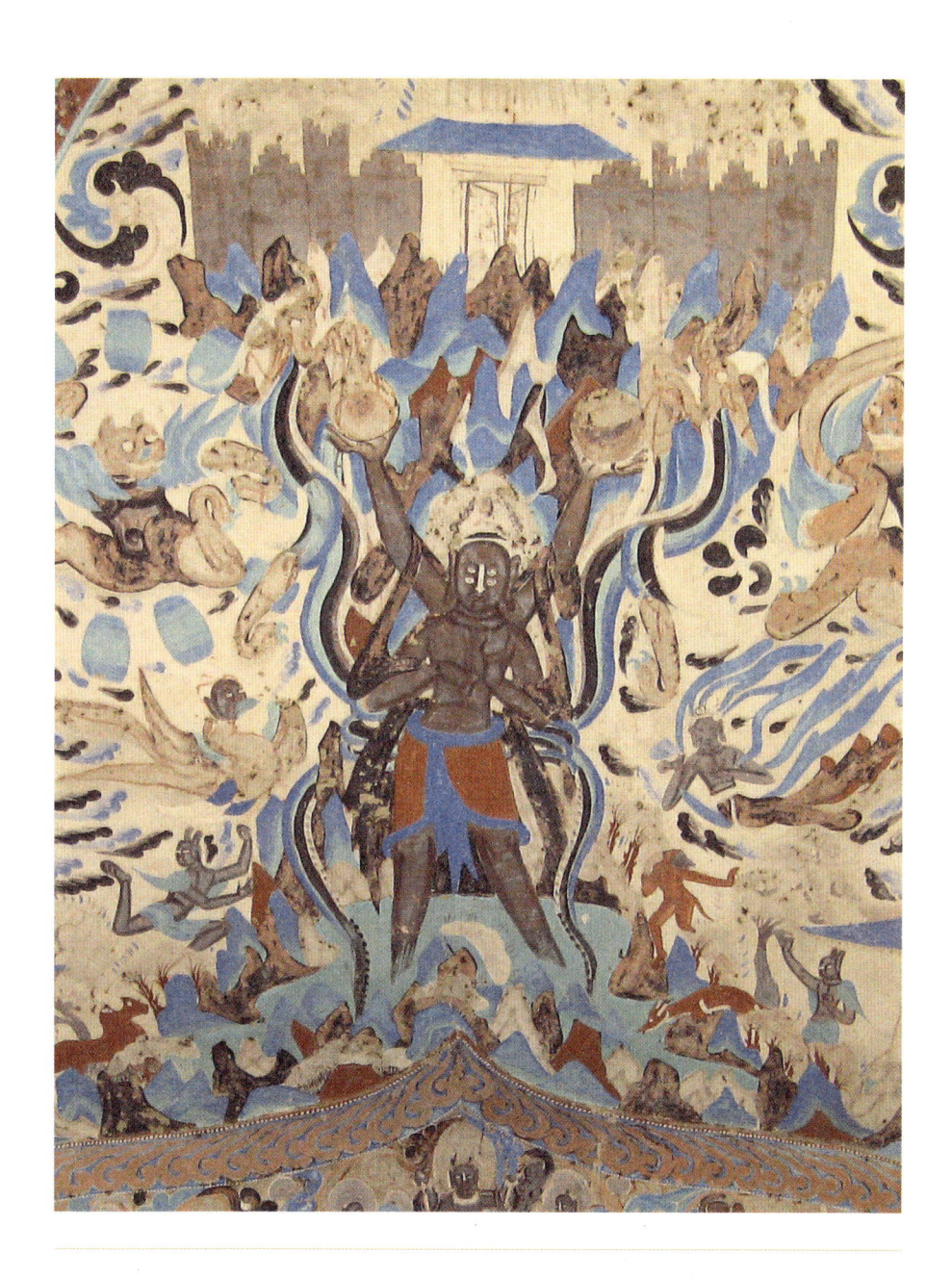

阿修罗王特写

  莫高窟第249窟窟顶西坡中间的阿修罗王，四目四臂，立于海水中，上两手分别托日月。脚下是大海，头部上方绘须弥山峰和忉利天宫，天宫门半开半闭

杨柳还苗条，笑声比银铃还清脆，唱歌比百灵鸟还好听。我说了不算，你先偷偷地看看她，若合你意，我亲自去提亲。"

阿修罗高兴极了，他施展神力，睁开4只眼朝香山看去。只看见乾闼婆和好多仙女在唱歌跳舞，就是看不清她的容貌，原来太阳光刺眼。他想，白天看不清就晚上看吧。可晚上月光如银，还是看不清。他又想，干脆趁太阳落下、月亮还未升起时看，定能看清。可是，到黄昏太阳和月亮同时射出万道光芒，使他什么也看不见了。阿修罗很生气，一怒之下，伸出手臂，一手抓住太阳，一手抓住月亮，把它们从头顶上拨开，这才看清了香山的乾闼婆，果然美貌无比，一见钟情，让母亲快去提亲。

阿修罗的母亲带着礼品来见香山神，说明来意后，香山神大喜。他早闻阿修罗神通广大，心地善良，便同意了这门亲事，乾闼婆本人也十分乐意。二神结婚这天，鲜花铺道，鼓乐齐鸣，各路佛仙前来祝贺。二神结为夫妻后，你恩我爱，亲密无比。乾闼婆不久便怀孕了，生下一个女儿名叫悦意，长得如花似玉，天上人间无与伦比。帝释天见了，非常喜爱，便娶悦意为妻。从此，帝释天成了阿修罗的女婿。

这个故事中的阿修罗形象，绘制于敦煌莫高窟第249窟窟顶的西披。画面上，阿修罗身形高大，赤身四目四臂，二臂上举，手托日月，足立大海，水不过膝，身后耸立着须弥山，表现出了阿修罗"身过须弥"的高大形象。

菩提树的故事

佛门弟子把菩提树奉为圣树。佛祖释迦牟尼在菩提树下得道成佛，又在菩提树下涅槃升天。莫高窟壁画中的菩提树随处可见，不计其数。最为高大的是第17窟（藏经洞）北壁两棵，枝叶繁茂，郁郁葱葱，树身苍劲多节，藤蔓缠绕，形似当地常见的胡杨树。那么，佛门为什么崇拜菩提树呢？

很久以前，恒河岸边有一棵高约百丈、枝干粗壮、叶片嫩绿、冬夏长青的毕波罗树。此树夏能遮日，冬能挡风，阴能避雨，东来西往的行人常在树下歇息。释迦牟尼出家后，在毕波罗树下的菩提金刚莲花宝座上苦修苦炼，终于得道成佛，此树便更名"菩提树"。这棵大树虽然不会说话，也不会走路，但有灵气如人的情意。每年到如来佛涅槃的这天，树上的叶子就全部落了，枝条上还渐渐沥沥地掉着水珠，如泪水一般。各国的君子和各地的比丘从四面八方来到这里祭拜，成千上万的人在树下奏乐、跳舞、献花上供，焚香叩首，诵经念佛，日夜不停。好多人用香水清洗树身，用乳汁浇灌树根。到了第二天，树叶又长出来了，且更加鲜嫩碧绿。

阿育王刚继位时，横行霸道，广施暴政，不信

菩提树

此壁画位于藏经洞北壁，是两棵菩提树之一，晚唐时期绘制。

佛法，下令全国毁掉佛祖的各种遗迹，最受佛门崇拜的菩提树首当其冲。阿育王心想：要灭佛门，必须砍倒有灵瑞气的菩提树。于是，他亲自带领王公大臣、兵马将士，浩浩荡荡地前来砍伐。士兵们手持利斧，轮流上阵，足足砍了半天，才将树砍倒。晚上，他们燃起大火，跳舞唱歌，饮酒庆贺。谁知第二天清早，光秃秃的树墩上又长出了两棵大树。清风一吹，树叶哗啦啦地响。阿育王恼羞成怒，认为菩提树在嘲笑他，即令士兵将树再次砍倒，连根挖出，又把根、干、枝、叶剁得粉碎，堆在一起，点火焚烧。顷刻之间，烟雾滚滚，火光冲天，火乘风势，噼噼啪啪，越烧越旺。佛门弟子哪敢近前，只在远处观望，个个心如刀绞，泪如雨下。过了一时三刻，火势渐弱，火堆中突然长出两棵菩提树，树干像玉石一样洁白，叶子像翡翠一样碧绿，散发出醉人的香气。香气扑鼻而来，沁人肺腑，阿育王和将士都觉得心旷神怡，精力充沛。

大火渐渐熄灭了，菩提树节节长高了。阿育王亲眼看到了树的神奇，恍然大悟——佛的神力是奇异的，佛迹是万难摧毁的。他非常内疚，悔恨不该听信外道和王妃的谗言来砍菩提树，遂决心痛改前非，今后一心供奉佛祖。他命人抬来100桶香甜的牛奶浇在树根上，使那两棵菩提树长得更加高大挺拔，郁郁葱葱。人们只要在树下转上一圈，就会消除病痛，轻松愉快。阿育王弃恶从善，在树下摆上香案，亲自焚香供奉神树，还请了好多沙门高僧在树下击鼓敲磬，作法会道场，讲说佛经。他听得入了迷，一连半月没有回王宫。

再说王妃从小信奉外道，这次阿育王毁灭佛门遗迹，就是她再三煽动的。可是，大王出宫半月有余，她左等右盼不见回来，心中十分着急。她怕大王信了佛法，自己就会失宠，忙差人去请阿育王回宫。差人飞马返回，禀告王妃：大王砍树，神树死而复活，大王便皈依佛门，在树下供奉佛法，三个月不回王宫。王妃听言，气得昏了过去。被仆人唤醒后，心想，大王三月不回，都是这棵菩提树作祟，不除掉妖树，难解我心头之恨！于是，王妃带了10名壮汉，于夜深人静时，偷偷地又砍倒了菩提树。

这天清早，阿育王来到树下供奉，见树又被人砍倒，不禁怒火中烧，正欲下令追查凶手，但转念一想，自己不也砍过这棵树吗？我虽信了佛，但还有人不信佛，他们还没有觉悟，才做出了这样的蠢事，这不能责怪他们，因为他们还不知道佛的神力，只有让菩提树再次复活，才能启发他们悔悟。于是，阿育王和众比丘怀着虔诚的心意，跪在树前祈祷，请树神再次显灵，又令人抬来100桶乳汁浇灌在树根上。不久，树墩上抽出了新芽，到太阳落山时，又长成了两棵参天大树。

阿育王对菩提树越发崇敬了。他怕有人再来偷砍圣树，让工匠建造了一道高约丈五的石墙，把菩提树保护起来。从此，菩提树虽经受了无数次狂风暴雨、严寒酷暑，依然枝叶婆娑，树影斑驳，受佛门敬拜。据说，大唐高僧玄奘在印度取经时，还曾

菩提树

此壁画位于藏经洞北壁，是两棵菩提树之一，晚唐时期绘制。

亲自拜谒了这两棵菩提树呢。

菩提树的故事在莫高窟壁画中曾多次出现，但最为典型的是第17窟北壁的两棵。左侧菩提树下画一比丘尼，双手捧持团扇；右侧菩提树下画一近侍女，一手持杖。菩提树上的净瓶和布袋历历可见。

毗楞竭梨王钉千钉

古时候，有个名叫毗楞竭梨的国王，统管四洲，疆土富饶辽阔，政通人和，威望极高。他笃信佛教，为了广学佛法，勤修佛道，下令全国，不管是谁，只要能讲说佛理，举国供养，随其所取，决不反悔。

有一婆罗门叫牢度叉，听到这个消息，认为这是个报仇的机会。他想好了骗人的鬼话，来到王宫门前，把腰一叉说："我懂佛理，会讲经说法，快去告知国王！"卫士忙去通报。

毗楞竭梨国王闻报，喜上眉梢，奏起鼓乐，摆开仪仗，亲自把牢度叉迎进皇宫，并搬来宝座让他和自己并排坐定，恭请说法。

牢度叉眼珠子一转，傲慢地说："大王别急，我这佛法是屁股上压疤、肘子上结痂，读了万卷佛典才学成的，不知大王听后，怎样酬谢？"

"我有言在先，要什么给什么，决不吝惜！"

"此话当真？"牢度叉恶意试探。

"绝无戏言！"国王坚定地回答。

"我什么也不要，只给你身上钉一千颗钉子，可以吗？"

"完全可以。"国王毫不犹豫地答应了，并约定牢度叉七天以后动手。这个消息像长了翅膀一样，迅速传遍全国，成千上万的百姓云集宫门，劝阻国王不要听信谗言，别让牢度叉在身上钉钉。

散落在沙漠里的传说

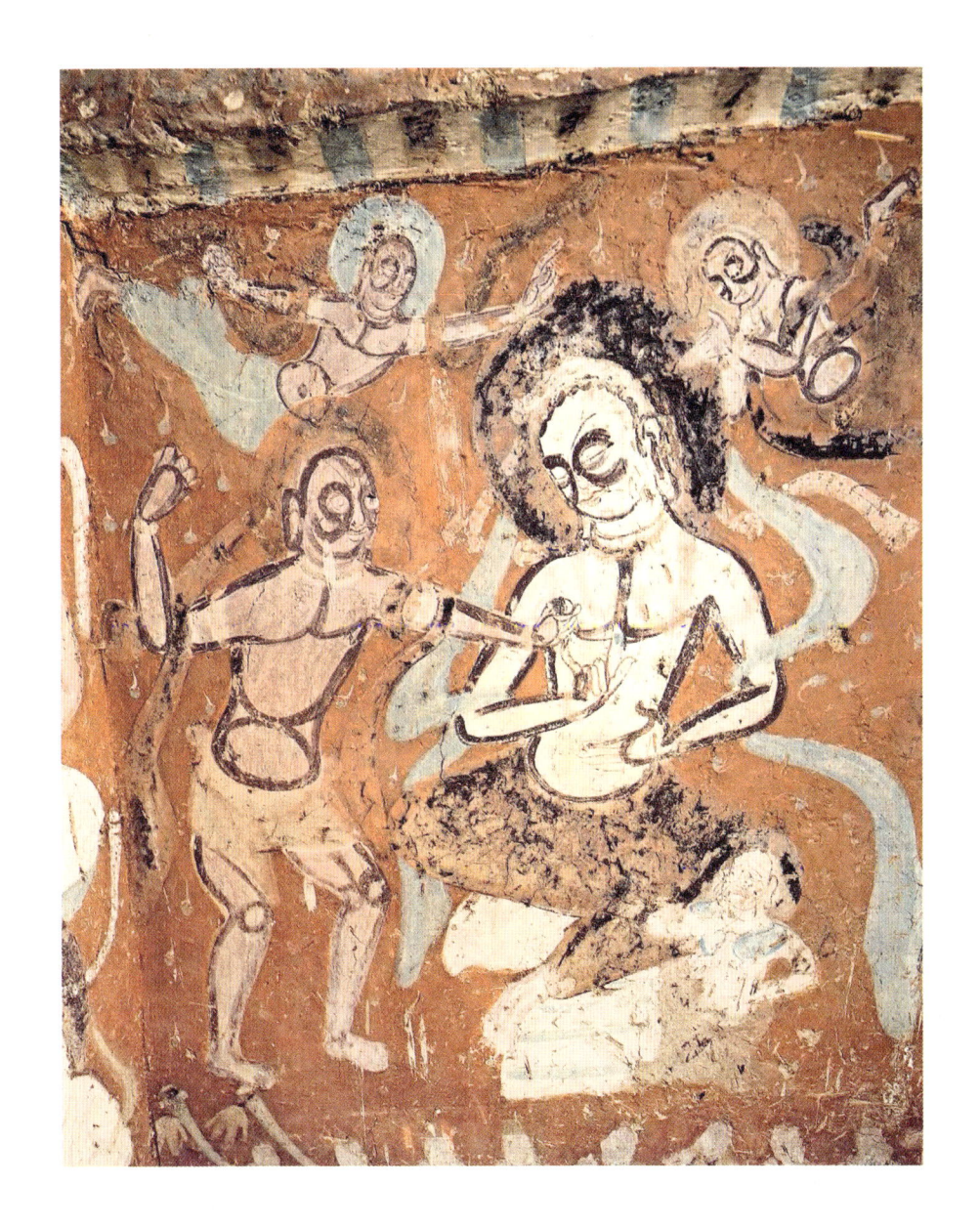

毗楞竭梨王本生

　　此壁画位于莫高窟第275窟北壁上部阙形龛下面，为第一幅佛本生故事——《毗楞竭梨王身钉千钉图》，北凉时期绘制。

两百夫人、五百太子、一万大臣也哭天喊地地哀求国王不要上坏蛋牢度叉的当。

国王深受感动，说：“感谢大家一片真情，但为了寻求佛道真言，我主意已定，决不更改！”

七天到了。人们把皇宫围得水泄不通，牢度叉提着钉盒，拿着锤子，早早地来到宫中。

国王让喧闹的人群安静下来，对牢度叉说：“请大师先说法，后钉钉。不然，先将我钉死，就听不到佛法真言了。”

"那当然。"牢度叉用沙哑的嗓子大声说，"大王请听，世上一切事物都非永恒，如穷人会变富，富人会变穷，凡有生命的动物都会有痛苦，就像铁钉钉进肉里一样。"他说完至理名言，就在国王身上钉钉。咬牙切齿地将1000颗铁钉钉完，偷偷地溜走了。

围观的大臣、亲属、百姓们手捂双眼，号啕大哭，声如雷鸣，泪如雨下。

哭声惊动了上界天神，向下界一看，才知道毗楞竭梨王为佛法献身。帝释天化作人身，问国王：“大王不惧疼痛，身钉千钉，如此献身，是想做魔王呢，还是想当梵王？”

"不求享乐，只求佛道。"

"身体钉坏，血如泉涌，难道不后悔？"

"绝不后悔！"

"何以证明？"

"让钉坏了的身体恢复健康！"国王发誓。

话音刚落，奇迹出现了，国王身上的铁钉全部掉在地上，鲜血立止，皮肉完好如初。顿时，天神、王公、百姓欢呼雀跃，奔走相告，欢庆的鼓乐响彻京都。

这个故事绘于莫高窟第275窟北壁中层的最西端，是莫高窟最早的本生故事画之一。画师选择了钉钉这一惨不忍睹的场面来表现整个故事，画面中的国王盘腿而坐，以超人的忍耐力承受着肉体的极大痛苦，表情镇定自若，表现出矢志求佛的坚定信念，旁边赤身的牢度叉仅穿一件裤衩，两眼圆睁，左手持钉，右手高举铁锤，欲用力狠砸，两个主要人物性格鲜明，对比强烈，十分传神。

萨埵那舍身饲虎

从前，大车国王有3位太子，最小的太子叫萨埵那。

一天，风和日丽，3位太子进山打猎，来到深山谷，见一只母虎因产后体弱，捕不到食物，饥饿难忍，想吃身旁的幼子保命，但又难以下口，正犹豫不决。

"老虎母子太可怜了，我不能让它们活活饿死在这里。"三太子萨埵那心想，"老虎虽然恶名在外，但也是几条生命，应该想办法救活它们！"决心已定，他怕二位兄长阻拦，谎称自己有件小事要办，让兄长先走。

兄长走远以后，他来到老虎前，脱了衣服，躺在虎口边。但是，母虎的身体太虚弱了，连吃肉的力气也没有。此时，萨埵那救虎之心更加迫切了。心想，若再耽误时间，老虎母子就性命难保。于是，他折了一根竹刺，登上山崖，刺破喉咙，纵身跳下落在虎口前。母虎闻着血味，用舌头舐食，身体才有了点儿力气，挣扎起来，将萨埵那的血肉吃完，领着小虎走了。

二位兄长在山谷口等了半天，不见弟弟赶来，又返回寻找，人和虎都不见了，只见山崖下一堆白骨。他们从衣服上认出这是萨埵那的尸骨，放声大哭，十分悔恨，不该留下弟弟喂虎。最后一想，人已死了，哭也无用，拿起萨埵那的衣服，回宫报信。父母一听这个不幸的消息，悲痛欲绝，来到山谷，抱尸骨痛哭，昏倒在地。众人急忙呼唤，才逐渐醒了过来。将三太子的尸骨运回王

萨埵那太子本生

此壁画位于莫高窟第254窟南壁,北魏时期绘制。

城,建造了一座舍利塔,将太子遗骨供入塔中,香火四时不断,使萨埵那早日功德圆满成佛。

这幅画绘制在第254窟南壁,是佛教壁画中表现最多的题材之一,也是莫高窟最完美的组合式本生故事画之一。此画中间最大的场面是"饲虎",是全画的主体,突出描绘萨埵那被咬食的身躯和张牙舞爪的饿虎正在啖食人肉,用细节来深化悲剧主题,然后沿一条旋形结构线依次画萨埵那刺颈、投崖、饲虎、兄长收骨、报信、父王痛哭、建塔等8个场面。全图结构严谨,穿插合理,浑然一体,笼罩着强烈的悲剧气氛。

尸毗王割肉救鸽

古印度大国阎浮提的国王名叫尸毗,是个心地善良、治国有方的贤德君主。一天,他理完朝政坐在凉亭休息,突然飞来一只雪白的鸽子,朝他惊慌失措地大叫:"救命呀!救命呀!"原来,一只凶狠的老鹰在后面紧紧追赶。

尸毗王忙将飞来的白鸽放进怀中,眨眼工夫,老鹰也飞到了眼前,瞪着血红的双眼说:"快把鸽子交出来,我现在饥饿难忍!"

"那不行。"尸毗王说,"我曾发过誓愿,要普度一切生灵。鸽子求救于我,岂能让你活活吃掉?""说得好听!"老鹰恶狠狠地说,"你既爱惜一切生灵,为何只救鸽子不管我的死活?要知道不吃它,我就得饿死!"

"这好办。"尸毗王对侍者说,"快去端一盘上好的生肉来,让老鹰饱餐一顿。"

"且慢,大王。我只吃刚杀的、带血的新鲜肉。"

这下尸毗王左右为难,救了白鸽,老鹰饿死,这不是救了一命又害一命吗?怎么办呢?他一拍大腿,有了主意,自己腿上是鲜肉,割下来既救了白鸽,也救了老鹰,不是两全其美吗?便下令让侍从拿刀端盘,立即割肉。

"还有一件事。"老鹰阴险地说,"既然大王愿代鸽子割肉,请拿秤来称吧,割下的肉必须和鸽子一样重。"

"好,我答应你的要求。"尸毗王令仆人拿来一杆天平秤,将白鸽放在秤盘内,但奇怪的是国王割尽了腿上的肉也不够鸽子重,割尽了身上所有的肉还是不够鸽子重。怎么办呢?为了救鸽喂鹰,履行诺言,他忍着巨痛站了起来,想坐于盘中,献出全身,但体力难支,昏了过去。

王后和大臣们的哭声惊醒了尸毗王,他挣扎着站起身,强忍疼痛,坐进秤盘,刚好和白鸽一样重。

这时,奇迹出现了——大地震动,宫殿摇摆,飞天撒下五彩缤纷的鲜花,

尸毗王本生

　　此壁画位于莫高窟第254窟北壁，北魏时期绘制。

　　老鹰和白鸽眨眼都不见了。尸毗王割下的肉全部又长回了身上，完好如初，不觉疼痛。

　　原来，白鸽是帝释天变的，老鹰是毗首羯摩变的。他们用这种方法来考验尸毗王对佛、对普度众生的坚定至诚。

　　这个本生故事画最早见于北凉第275窟北壁中层，只画有割肉和过秤两个情节，属莫高窟最早的连环故事画之一。最精彩的当数北魏第254窟北壁前部的《尸毗王本生》图，此图增加了鹰追鸽、鸽向尸毗王求救、眷属痛哭等情节，增大了内容和时空跨度。画面正中的尸毗王形体高大，把画面一分为二，被割肉的小腿抬起，尸毗王目视血淋淋的伤口，使割肉主题一目了然。由此可见，这幅画的构图表现出了高超的结构才能，把不同时空范围内发生的故事情节有机地结合到一个画面上，使画面中心突出，容量增大，有条不紊。

月光王以头施人

从前，有一位容貌端正、性情温和、心地善良的国王，他住的宫殿白天黑夜都像有一轮明月照耀，因此人们尊称他为"月光王"。

月光王治理的84000个小国，人民安乐，国库充足，但他还怕有的百姓衣食无着，每年都要布施一次。在王城大街闹市，堆放财宝、衣物、食品，让大家随意取用。即便如此，他依然担心各小国有的百姓受穷，又发布诏书命令小国诸王，打开国库，布施民众。大家蒙受王恩，生活欢乐无比，月光王的美名传遍五湖四海。

有个偏僻的小国，国王名叫毗摩斯那，他爱财如命，对广施财物的命令拒不执行，对月光王名扬四海又气又恨！心想，只有除掉月光王，才能保全财宝，才能有出头之日。于是，他贴出一张写有"有取来月光王头者，分国土一半，送公主为妻"字样的告示，招募杀手。

这个小国的深山住着一个婆罗门，名叫牢度叉，他揭了告示来见国王。毗摩斯那大喜，设宴招待牢度叉，让他见了公主一面，又拿出地图让他来看，牢度叉异常高兴，第二天就直奔月光王城。

牢度叉还未到王城，索取王头的消息早已传到了王城。经过一路奔波，牢度叉来到王宫，大吵大叫，要见月光王。守门人挡住不让进，恰巧碰见了第一大臣大月，把他带到相府，问："你见月光王要干什么？"

"听说大王乐善好施，要什么给什么，毫不吝啬，特来乞求王头。"

大月暗想,城内传言有人索取王头果然是真的。他拿出一颗金银宝珠做的头,说:"牢度叉,月光王头本是血肉一团,你要它何用?这颗七宝头送与你,保你子孙万代享受不完。"

牢度叉不屑一顾地说:"谁要你这破玩意儿,我要去见大王,要他的头。"话毕转身就走,大月急忙拦住,手持利剑说:"你见大王可以,若要索王头,我就要你的命!"好汉不吃眼前亏,牢度叉忙说:"好,不要王头,快带我去见大王。"大月忐忑不安地把他带进王宫。

牢度叉请求施舍,月光王十分高兴,说:"你远道而来求布施,凡你所求,一概答应。"

"多谢大王,我跋山涉水来此,不求财宝美女,只要大王头颅一颗。"

"满足你的要求。"月光王一口答应。

"什么时候给我?"牢度叉迫不及待地问。

"7天以后!"月光王斩钉截铁地回答。

7天之中,哭声淹没了王城。各小国王子、大臣、王妃、太子、百姓都来苦苦劝阻,都未能动摇月光王施头的决心。第七天,牢度叉来了,大臣和百姓簇拥着月光王,不让他靠近。月光王见自己的诺言难以实现,暗地里约牢度叉到僻静的后花园去取头。

躲开众人,来到后花园的柳树下,牢度叉刚举起利剑要砍王头,突然剑被柳枝击落了,头也被柳条一拧,面朝后转了向,手脚都被柳条捆住,不能动弹。

月光王知道是树神阻挡他施头,便对树神说:"树神啊,你知我在这里为普度众生,已施舍了999颗头,今天是最后一次,你就别阻挡了。"

树神松开柳条,又一拧,牢度叉的头复原了。他急忙拾起利剑砍下了月光王的头,霎时惊动了天地,只见空中彩云缭绕,琼阁摇晃,飞天仙女撒花如雨,仙乐齐鸣,月光王从此功德圆满成了佛。

再说牢度叉提着王头急着回去领赏，走出王城后，人头恶臭难闻，他只好扔掉王头赶路。一路上，牢度叉遭到人们的唾骂，谁也不让他喝水吃饭，走了几天饥渴难忍，又听到毗摩斯那王得急病而死，大失所望，一头栽倒于路旁，就再也没有爬起来。

这个本生故事绘制于莫高窟第275窟北壁，紧

月光王本生

此壁画位于莫高窟第275窟北壁，北凉时期绘制。

靠《尸毗王本生》。画的是月光王施头的情节。前有一人半跪，双手托盘，盘内有3颗人头，表示施头千次，仅以献头一节来概括整个故事，画中的月光王仍是有头的完整高大形象，没有被砍头的恐怖之感。构图和造型比较简单，保留着早期壁画质朴雅拙的风格，是莫高窟年代最久远的本生故事画之一。

◎ 史载故事

张骞出使西域

你知道著名的"丝绸之路"是谁开拓的吗？是西汉时期伟大的探险家张骞。

张骞是汉武帝时期的人。公元前139年，他受命率人前往西域，寻找并联络曾被匈奴赶跑的大月氏，合力进击匈奴。

张骞一行从长安起程，经陇西向西行进，一路上日晒雨淋，风吹雨打，环境险恶，困难重重，但他信心坚定，不顾艰辛，冒险西行。当他们来到河西走廊一带后，被占据此地的匈奴骑兵发现，张骞和随从100多人全部被俘。

匈奴单于知道了张骞西行的目的后，自然不会轻易放过，把他们分散开去放羊牧马，并由匈奴人严加管制，还给张骞娶了匈奴女子为妻。此举一是为了监视他，二是诱使他投降。但是张骞坚贞不屈，虽被软禁放牧，度日如年，仍一直等待时机，准备逃跑，以完成自己的使命。

整整过了11个春秋，匈奴的看管才放松了。张骞趁机和他的贴身随从甘父一起逃走，离开匈奴地盘，继续向西行进。由于他们仓促出逃，没有准备干粮和饮用水，一路上常常忍饥挨饿，干渴难耐，随时都会倒在荒滩上。好在甘父射得一手好箭，沿途常射猎一些飞禽走兽，饮血解渴，食肉充饥，才躲过了死亡的威胁。

就这样，他们一直奔波了好多天，终于越过沙漠戈壁，翻过冰冻雪封的葱岭（今帕米尔高原），来到了大宛国（今费尔干纳）。高鼻子、蓝眼睛的大宛王早就听说汉朝是一个富饶大国，很想建立联系，但苦于路途遥远，交通不便，故一直未能如愿。因此，当他听说汉朝使者来到时，喜出望外，在国都热情地接见张骞，并请张骞参观了大宛国的汗血宝马。在大宛王的帮助下，张骞先后到了康居（今撒马尔罕）、大月氏、大夏等地，但大月氏在阿姆河上游安居乐业，不愿再东进和匈奴作战。不过，张骞虽未能完成与大月氏结盟夹击匈奴的使命，却获得了大量有关西域各国的人文地理知识。

张骞在东归返回的途中，再次被匈奴抓获，后又设计逃出，历尽千辛万苦，终于在13年后回到长安。这次出使西域，使生活在中原内地的人们了解到西域的实况，激发了汉武帝"拓边"的雄心，发动了一系列抗击匈奴的战争。

公元前119年，汉王朝为了进一步联络乌孙，"断匈奴右臂"，便派张骞再次出使西域。这次，张骞带了300多人，顺利地到达乌孙，并派副使访问了康居、大宛、大月氏、大夏、安息（今伊朗）、身毒（今印度）等国家，但由于乌孙内乱，也未能实现结盟的目的。

张骞不畏艰险，两次出使西域，沟通了亚洲内陆交通要道，与西欧诸国正式开始了友好往来，促进了东西经济文化的广泛交流，开拓了丝绸之路，完全可称之为中国走向世界的第一人。

敦煌莫高窟第323窟北壁西端画的，就是张骞出使西域的故事。有人曾依据此图论证了汉武帝派张骞赴大夏国问金人（佛陀）名号，是佛教传入中国之始，但也有人持反对观点，认为这是附会之说。不过，不管怎么说，张骞出使西域、开拓丝绸之路的历史功绩是真实可信的，此图是现存最早的《张骞出使西域图》。

张骞出使西域图

此壁画位于莫高窟第323窟北壁西端,绘制于唐代初期。

鲁班造木鸢

鲁班是敦煌人。他小时候双手就很灵巧,会糊各种各样漂亮的风筝。长大后,他跟父亲学了一手好木匠活,修桥盖楼,建寺造塔,非常拿手,在河西一带很有名气。

这一年,他成婚不久就被凉州(今武威)的一位高僧请去修造佛塔,两年后才完工。他虽在凉州,但对家中父母放心不下,更想念新婚的妻子。怎样既不误造塔又能回家呢?他在天空飞旋的禽鸟启发下，造出了一只精巧的木鸢，安上机关，骑上一试，果然飞行灵便。于是，每天收工吃过晚饭，他就乘上木鸢，在机关上击打三下，不多时便飞回敦煌家中。妻子看到他回来，自然十分高兴，但他怕惊动父母，也没有言语，第二天大清早又乘上木鸢飞回凉州。这样，时间不长，妻子便怀孕了。

鲁班的父母早睡晚起，根本不知儿子回家之事。见儿媳有孕，还以为她行为不轨，婆婆一查问，媳妇便将丈夫乘木鸢每晚回家之事说了，谁知二老听了不信，晚上要亲自看个真假。

掌灯时分，鲁班果然骑着木鸢回到家中，二老疑虑顿散。老父亲高兴地说："儿呀，明天就别去凉州工地了，在家歇上一天，让我骑上木鸢，去开开眼界。"第二天清早，老父亲骑上木鸢，儿子把怎样使用机关做了交代："若飞近处，将机关木楔少击几下；若飞远处，就多击几下。早去早回，别误了我明日做工。"

老父亲将交代记在心中，骑着木鸢上了天，心想飞到远处玩一趟吧，就把木楔击了10多下，只听耳边风响，吓得他紧闭双眼，抱紧木鸢任凭飞翔。等到木鸢落地，睁眼一看，竟然飞到了吴地（今江苏、浙江一带）！吴地的人见天上落下一个怪物，上骑白胡子老头，服装怪异，还以为是妖怪，围了上去，不由分说，乱棒把老头打死，乱刀把木鸢砍坏。

鲁班在家等了好多天，不见父亲返回，他怕出事，又赶做一只木鸢飞到各处寻找，找到吴地以后，一打听才知父亲已经身亡。他气愤不过，回到肃州（今酒泉）雕了一个木头仙人，手指东南方，木仙人神通广大，手指吴地，大旱无雨，当年颗粒无收。

三年以后，吴地百姓从西来的商人口中得知，久旱无雨原是鲁班为父报仇使的法术，便带着厚礼来到肃州向鲁班赔罪，并讲了误杀他父亲的经过。鲁班知道了真相后，对自己进行报复的做法深感内疚，立即将木仙人手臂砍断，吴地当即大降甘露，解除了旱灾。

之后，鲁班左思右想，认为造木鸢，使父亡；造木仙人，使天大旱，百姓苦，是自己干了两件蠢事，便将这两样东西扔进火里烧了。从此，木鸢和木仙人便在世上失传了。

李暠遇异虎

十六国时期的晋隆安元年（397年），敦煌属北凉国领地。胸怀大志的敦煌人李暠，在地方势力的拥戴下担任了敦煌太守。

李暠虽官任太守，但不甘心屈居于他人之下称臣，总想建国立业。有一天，他脱去官服，换上便装，不带随从，腰挂宝剑，身背弓箭，扮作猎人的模样，一个人出了城门，信步在乡间小路上走着。小路上绿树遮荫，小鸟啼鸣，路边庄稼茂盛，郁郁葱葱。李暠正欣赏着田园美景，忽听远处有人高呼："西凉君，西凉君！"他大吃一惊，心想，我正欲打算建立西凉国，不知是谁喊我西凉君？若让北凉王知道，定会有杀身之祸！这时，呼喊西凉君的声音又起，李暠闻声望去，只见前边斑斑驳驳的树影下站着一只猛虎，双目眈眈地盯着他。

李暠虽武艺高强，但猛虎挡道，也不免有些紧张，忙从背上取下强弓利箭，对准老虎就要射出。这时，老虎高声叫道："西凉君不要放箭！刚才是我叫你，请别疑心，我不会伤害你。我因身负重托，有要事禀告君王。"

李暠见老虎口吐人言，事出蹊跷，便将弓箭扔在地上，抱拳施礼道："我并非君王，不知大王如此呼叫是何用意？请多多赐教。"

老虎走到李暠面前，点头施礼道："你有君王之才，将来必当西凉王。大丈夫不能久居臣位，要乘当今乱世纷争，建立西凉国。"

李暠说："在敦煌建国立业，是我的宏图大愿！"

"在敦煌只能建国，不能立业。要想西凉国发达兴旺，建国后必须将都城迁往酒泉，才是长久之计。"

"为何迁都？"李暠问。

"因为敦煌地广人稀，地理位置偏僻，不是福地。迁都酒泉，可以向东扩展疆土，称霸河西。"

"请问西凉国能保多少年？"

"天机不可泄露，望西凉君好自为之！"老虎言毕，三跳两跃，眨眼不见了。

3年后，李暠果然在敦煌建立西凉国，自称西凉王。为了完成统一河西走廊的宏愿，5年之后，李暠将国都从敦煌迁往酒泉，在位17年。20年之后，西凉国在其子李歆手中灭亡。

索叔彻占梦

索统，字叔彻，是西晋时期的敦煌人。他从小就在京师读书，曾在太学任过职，学识渊博，特别是对阴阳、天文、术数颇为精通，造诣很深，有先见之明。早在晋武帝时，他就预测中原要发生内乱，便离开中原回到敦煌故里。当时的敦煌人笃信梦的预兆，相信凡是人做梦，都能在生活中得到印证。索叔彻是位占梦大师，所以来找他占梦问吉凶的人特别多，人来车往，就像赶集那样热闹。

有位老人名叫令狐策，梦见自己站在冰面上，与冰下面的人谈话，感到奇怪，不知吉凶，来找索叔彻圆梦。索叔彻说："冰上为阳，冰下为阴，这一定是阴阳（男女）之事了。诗经上说，'士如归妻，追冰来伴'（士人娶妻，开冰以前），这是指婚姻方面的事。你在冰上与冰下人谈话，为阴阳语。这个梦预示你将要为人说媒，到开冰的时节，婚事就成了。"

"我已经这么大年纪了，怎么还会给别人做媒呢？"令狐策摇着头走了。

时间不久，敦煌太守田豹请令狐策当媒人，为儿子说亲，女方是本乡人张公徽之女。他不好推脱，从中说成了这件婚事，恰至仲春冰消之日完婚，后来

称媒人为"冰人",就是从这个故事来的。

当时在敦煌郡任主簿的官员姓张名宅,一天来找索叔彻占梦,说梦见自己骑着骏马上山,山上有一房舍,他纵马绕了3周,可是只见松柏苍翠,找不见屋门在何处。索叔彻便用拆字法给他解梦说:"马为离,离为火,火者乃祸也。人上山,为凶字。只见松柏,墓门象也。找不到门,无门也。三周为三期也。你在三年以后,必定身遭大祸。"

张宅起身告辞后,一路上心里觉得这梦占得好笑,便不放在心上,三年以后他果然以谋反罪被处死了。

还有一个叫索充的人也来找索叔彻占梦,说梦见天上有两副棺掉下来,落在他面前。索叔彻对他说:"棺者,职也,当有京师贵人举荐你为官。两棺者,频再迁。"

不久,司徒王戎给敦煌太守写信推荐索充,太守先让他任功曹,后又升迁举为孝廉。

索充又梦见一虏,脱去上衣指着他。索叔彻占梦说:"虏去上半,下半为男子,夷狄阴类,君妇当生男。"后来,索充的夫人果然生了一个男孩。

索叔彻占梦,没有不灵验的,名气越来越大,被人称为"占梦大师"。

索彦义退水

索劢,字彦义,官拜贰师将军,是个有才略、有胆识的将领。当时,他奉命率酒泉、敦煌的将士千余人,到楼兰去屯田垦殖,以保西域安宁、丝绸之路畅通。古楼兰国四周被茫茫沙漠包围,干旱缺水,新垦田地若无水浇灌,就长不出庄稼。索劢是敦煌人,懂得敦煌开渠引水的技术,于是就召集鄯善、焉耆和龟兹三国的3000多兵士,和他的部下总计4000余人,由他亲自指导,开挖渠道,引来雪水浇灌新垦良田。沙漠中有水就有生命,田地里禾苗一片葱绿,

生机盎然，丰收在望，谁知此地河神偏来作祟，认为自己驱水浇田，劳苦功高，可这些将士从不祭祀上供，便心生嫉妒，乘夏时天降暴雨，想冲毁河堤，要让索彦义新垦田地的庄稼浇不上水，秋后颗粒无收，让这些人吃点儿苦头。于是，河神汇集各处雨水，涌入渠道，渠内水势猛涨，洪涛滚滚，河堤沿线频频告急。

索彦义知道敦煌祭祀河神的习俗，便明白这是河神作怪，为保住河堤就连忙率众将士一面加紧护堤，一面设坛祭祀。他亲自在祭坛上奉献五牲供品，焚香跪拜，进行祈祷，诸河神接受供奉，收减水势。与此同时，索彦义还带领将士列队于河堤上，敲锣击鼓，大声喊叫，刀枪猛刺波浪，乱箭齐发，要驱走河中妖邪。一连祭祀三日，将士在堤上

楼兰古城遗址

　　楼兰古国是古丝绸之路上的一个小国，位于罗布泊西部，处于西域的枢纽，范围东起古阳关附近，西至尼雅古城，南至阿尔金山，北至哈密。

也大战防护了三日，水势才慢慢退下去，终于保住了河堤。

原来河神享受了供奉已心满意足，见堤上挥刀舞枪，害怕刺伤自己，人们日夜护堤，无机可乘，只得灰溜溜地退了洪水回去了。

由于渠水及时浇灌了庄稼，楼兰新田三年来连续获得大丰收，粮食积存下百万斤之多。素彦义退洪水的事在西域诸国传遍了，胡人称他为"镇水之神"。

张孝嵩斩龙

唐朝开元年间，皇帝委派北庭都护张孝嵩任沙州刺史。他到敦煌上任之后，走乡串户，访察民情，见本地良田肥沃，雪水长流，但百姓愁眉不展，面无欢颜，便挨家访问，打听缘故，百姓们声泪俱下，诉说了缘由。

原来，沙州境内有条大河，河下游距州城八十多里的地方，有一眼玉女泉，泉里有一条残暴的恶龙，经常兴风作浪，制造灾难。为了求得风调雨顺、百姓安宁，每到冬天，官员绅士都要挑选一对天真活泼的童男童女，奉送玉女泉祭祀，供恶龙享用。若不祭祀，那恶龙便施展淫威，不是洪水泛滥，就是冰雹霜冻，庄稼颗粒无收。人们难以活命，被逼得走投无路，只好忍痛割爱送上自己的亲生儿女，以求平安。年复一年，不知多少童男童女命丧玉女泉。

张孝嵩听说之后，怒气冲冲，义愤填膺地说："什么妖龙，竟敢在此任意残害百姓？我要为民除害！"他先派人在玉女泉边设置了祭祀神坛，又秘密从民间收集废铜烂铁百万斤运到泉边。然后，他亲自率领三军列队坛前，向玉女泉大吼一声："从我者享福，逆我者遭殃！泉中是何神灵，请现身于坛上，我要亲自祭祀你。"

泉边鸦雀无声，等了很长时间，还不见泉中有任何动静。张孝嵩怒发冲冠，双眉倒竖，高声喊道："是何妖怪，如此大胆？再不现身，我就将污秽之物填入，并让三军用沙石填平此泉！"这一招果然灵验，话音刚落，只见泉水波浪翻卷，一条数丈长的恶龙钻出水面，飞上祭坛，张开血盆大口，吞食着坛上奉献的猪、马、牛、羊，喝着美酒。吃完供品后，恶龙摇头摆尾，得意扬扬，一会儿看看天上的白云，一会儿看看坛下的人群，不肯离去，好像在寻找童男童女。张孝嵩见恶龙这样猖獗放肆，冷笑一声，下令道："放箭！"三军将士顿时万箭齐发，射向恶龙。恶龙万箭穿身，疼痛难忍，滚下祭坛。张孝嵩一个箭步冲了上去，一剑砍下了龙头。没想到，恶龙神通广大，头虽掉了，龙身还能飞起，"扑通"一声蹿入泉水中。张孝嵩命兵士砌起数座高炉，将运来的钢铁冶炼成汁灌进泉中。铁水入泉，炽热无比，只听响声震耳欲聋，恶龙尸身腾空而起，向远处飞去，但终因伤势严重，飞了几十里后便掉下来了，尸骨分散三处。张孝嵩令军士、百姓填平了玉女泉，怕恶龙尸骨留下后患，在遗弃尸骨的地方修造了三座镇妖宝塔。

从此，沙州一带风调雨顺，百姓安居乐业。张孝嵩派遣总管将龙头送往京城，献给皇帝。皇帝看了龙头，阅了奏章，心中大喜。为嘉奖张孝嵩为民除害、斩除妖龙的功劳，便割下龙舌头赐给他。从此，人们又称他为"龙舌张"。

张资试病

张资出生在南北朝时期，敦煌人，天赋极高，从小聪颖好学，勤学不怠，闻名乡里。年及弱冠，已经是满腹经纶，风流倜傥，才华横溢，被人们称为大才子，声名远播。吕光，是氐族人，在河西地区建立十六国之一的后梁，他听说张资的才名，就下诏把张资招进朝廷为官，官拜中书监。张资开始为帝王出谋划策，很受吕光器重。南北朝时期，中书监负责中央文书处理，皇帝与其议论政事或委以机密，中书监就是后来的宰相之职。

后来，张资突然重病，卧床不起，气若游丝。吕光闻听，心中焦急，坐卧不宁，召集左右大臣，说要想尽一切办法治好张资的病。有人建议贴出皇榜，

许以重金，请天下名医为张资治病。

重赏之下，必有能者，终于有人揭了皇榜。吕光非常高兴，马上宣揭榜人觐见，等到揭榜人来到大殿，才发现是个外国道人。这个外国道人说自己叫罗叉，通晓汉语，能够治好张资的病。吕光听了非常高兴，把罗叉看作上天派来的救命神医，当即赐予重金。偏偏此事被西域来的高僧鸠摩罗什知道了，他知道罗叉的底细，急忙去见吕光，告诉吕光罗叉其实是个骗子，没有什么真本事，他说能够治张资的病，不过是骗取钱财。张资已经必死无疑，即便让罗叉来治，也是白白浪费钱财。鸠摩罗什告诉吕光，死生这样的大事虽然不为人知，但是还可以通过一些方法来验证，这便是试病。这就是敦煌民间盛行的试病习俗，当时在古天竺和西域龟兹等地广为流传。鸠摩罗什是吕光请来的传经大师，对他十分信任，当即便让他试病。

鸠摩罗什找来五色丝线拧为彩绳，又端来一盆水，将彩绳烧成灰投入盆中，说："彩绳灰若融入水中，张资的病就能治好，绳灰若不融化，浮出水面，病就治不好了。这个方法试过千遍，非常灵验。"等了片刻，绢灰没有融化，浮出了水面，形状和彩绳一般无二。鸠摩罗什告诉吕光，张大人已经病入膏肓，必将不久于人世，说完便起身告辞。

此后，张资的病情更加严重。吕光并不死心，又请来罗叉医治了几次，仍不见起色。没有几天张资便病故了，应了鸠摩罗什试病的结果。

这一故事，《晋书》里边有记载。